FLORET
READING

小花阅读

我们只写有爱的故事

青春阅读　幸得相见

大鱼

有爱的青春陪伴者

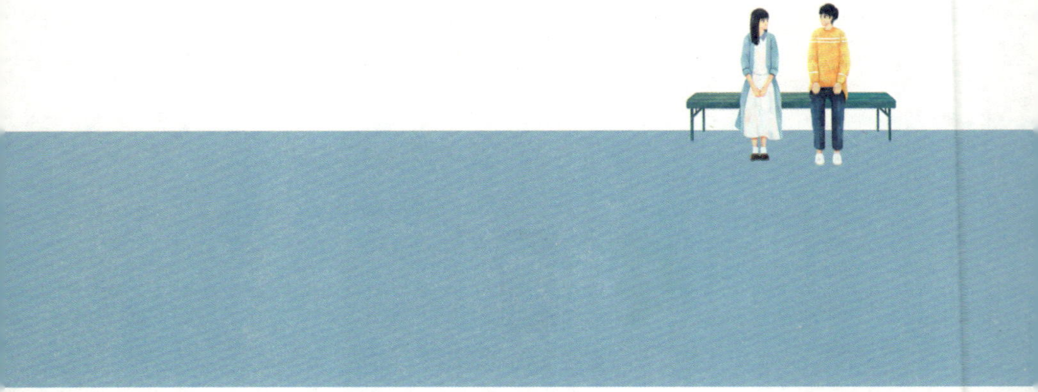

晴时有风
我有你

程亦清

/著/

CHENGYIQING

廣東旅游出版社

GUANGDONG TRAVEL & TOURISM PRESS

中国·广州

图书在版编目（CIP）数据

晴时有风，我有你 / 程亦清著. — 广州 : 广东旅游出版社，2020.5
ISBN 978-7-5570-2217-4

Ⅰ. ①晴… Ⅱ. ①程… Ⅲ. ①长篇小说—中国—当代 Ⅳ. ①I247.5

中国版本图书馆CIP数据核字(2020)第054644号

晴时有风，我有你

Qing Shi You Feng，Wo You Ni

程亦清 / 著

◎出版人：刘志松 ◎总策划：胡晨艳 ◎责任编辑：梅哲坤
◎策划：欧雅婷 ◎设计：刘艳 孙欣瑞 ◎封面绘制：阿翊axu

出版发行：广东旅游出版社
地址：广东省广州市环市东路338号银政大厦西楼12楼
邮编：510060
电话：020-87347732
印刷：长沙鸿发印务实业有限公司
地址：长沙黄花工业园三号
邮编：410137
开本：889毫米×1194毫米 1/32
印张：9.125
字数：285千字
版次：2020年5月第1版
印次：2020年5月第1次
定价：36.80元

晴时有风，我有你

晴时有风，我有你

楔子

我来到你的城市

/ 走你走的路，看你看过的风景。/

四月，春市的京桃进入花期，街道两边是长长淡粉色的轨迹。

这是孟楚来到春市的第四个月。

春市有个很美的名字，叫“北国春城”。

暖阳从街头一路洒到街尾，她一个人坐在咖啡厅露天的位置上，拿起桌子上的单反相机随手拍了一张照片。

她觉得这张照片如果配上他念诗的声音，一定很般配。

一身诗意千寻瀑，

你是人间四月天。

她喜欢把这句话里原本的“万古”两个字换成“你是”，那是一种对某一个人单独诉说的情感。

“喂。”电话响了很多次，她才后知后觉地接通。

“最近怎么样？”邢薇问她。

“还不错。”孟楚打量着自己刚刚拍的照片，关于他的声音就像一种意识流的自由而发，流到了自己的心底。

“你真打算在那儿定居了？”邢薇问。

“还不知道。”孟楚放下相机，端起咖啡抿了一口，苦涩的味道开始在口腔中蔓延。

她离开自己生活多年的城市，决定来到春市。她是地道的北方人，所以对于这个同样处于北方的城市一点也不陌生。

她突然想起那年他说过的话：对于一个东北人来说，只要过了山海关就都属于南方。

当时他说得无赖又坚定，她竟反驳不了。

花香随着淡淡的风吹散在城市的角落。

孟楚看着这个他生活了十年的城市，突然有一种酸涩袭上心头。

她轻轻叹了口气，然后对邢薇说：“也许会，也许不会。”

她给了自己两年的时间，依旧没有放下，殊不知到底是命还是劫。

挂了电话，孟楚收拾好东西，翻出一个黑色皮质本子。

她是个自由作家，每天的工作就是写故事。她没有写日记的习惯，但是会随时记录一些自己偶尔在脑海里冒出的东西。

她坐在暖阳下，一页又一页地翻着。

耳机里是熟悉的歌曲。

她以前从来不喜欢古风歌曲，因为无意间听见那次他翻唱的一首《双抛桥》，从此开始无法自拔地迷恋古风歌曲。

有几片花瓣垂落在纸张上。

耳机里，他在唱着。

若随风往事不随风，
它偶然飘落入梦中。
前尘多少往事曾翻涌，
那夜霜重露正浓……

往事随风，却吹不散心头一腔挚爱，时间流逝，爱过的痕迹依然在心中。

她手顿了一下。

纸张上密密麻麻的黑色字，是她曾经写下喜欢的证据。

那年，她写下——

你说你三十岁了，假设可以活到九十岁，还有两个三十年。我不知道自己可以活多久，我对生死有命这件事情一向看得很开，但是活着的时候，我的确很想和你在一起。

目光往下流连一次，回忆就重一分，孟楚眼中的酸意几乎忍不住。

她写道——

这一年最后的时间，二十三岁最后倒计时，我喜欢上一个根本不可能的人，做了人生第一次勇敢的告白，也许所有人都觉得我疯了，只有我自己知道，我很喜欢他，很爱他，不止是因为他的声音，还因为我与他相似的灵魂。

沈冬生，我喜欢你，特此纪念，永远遗忘。

第一章

双抛桥

/ 若随风，往事不随风，它偶然飘落入梦中。/

1.

图书馆里很安静，坐着很多备考的大学生，偶尔还能听见轻声细语的讨论声。透过落地玻璃窗往外看去，街道两旁的杨树随风摇晃，绿叶在阳光的照衬下生机勃勃，这是一种与冬天时不同的绿。

S 市的春天带着闷热潮湿的气味悄然而至。

孟楚坐在图书馆的二层，眼睛紧紧盯着面前的笔记本电脑，手指敲打键盘的速度之快如同打游戏的职业联赛队员。

她是一个作者，现在正在为自己接下来的故事努力码字。

QQ 的标志在电脑屏幕的右下角闪晃了许久，孟楚的注意力集中在文档上。当她打下这一章最后一个字的时候，终于缓了口气，把身体靠向椅背，看了一眼窗外，再把视线转回电脑屏幕上时才注意到右下角闪动的图标。

孟楚点了一下，跳出一个对话框，消息不停地往外蹦。

“小楚，我有急事找你帮忙！”

“看到消息快回我……”

“你不是忘了你这苦命的大表姐了吧……啊啊啊……”

然后是一堆轰炸的表情包。

这是邢薇一贯撒娇卖萌求帮忙的手段，孟楚看着对话框，会心一笑，于是回复她。

“到底是什么十万火急的大事把你逼得快炸了我的屏幕？”她都能想到邢薇一脸苦大仇深的表情。

表情包因为孟楚的回复而骤然停止，随后邢薇发来消息问她在哪儿。

孟楚回复她说在图书馆。

“帮姐一个忙呗。姐现在手里有个剧，可是编剧突然因为家里有事辞职了。”邢薇把前因后果给她说了一遍。

邢薇从高中开始就混“二次元网配圈”，是口碑很好的策划，不管是 CV（配音员）还是编剧，甚至是好的后期她都能约到，但是这次她突然让孟楚来帮这个忙，那肯定是时间出问题了。

因为时间紧，所以只能舍远求近。

孟楚虽然不混网配圈，但是对广播剧很感兴趣，可能是职业性质使然，她对各类故事载体都感兴趣。

“什么时候要？”孟楚微微皱了一下眉，然后问道。她以前上大学的时候有过写广播剧剧本的经验，不过很不成熟，不知道自己能不能完成邢薇手里这种比较大的制作项目。

“我只有三天时间，CV 那边等着本子呢，而且距离我一早就定下的发剧日期越来越近了。”邢薇打出来的黑色字都显露着急的心情。

其实网配剧成本低，完全是为爱发电，不是非要在固定的日期里发剧，基本随心所欲，可是邢薇这人做剧有自己的底线，总是说到做到，不想拖。

“我尽量。”孟楚回她。

“谢了，姐回头请你吃饭。”邢薇又说，“我要工作了，下午还有一堆账等着我算呢。”然后她发了一个委屈的表情。

孟楚没有回复，直接关掉了对话框。

三天对她来说是有点短了，不过不尝试又怎么会知道自己不行呢？

就像当初她不顾父母的反对，只身南下；就像父母对她现在的工作不理解，她依旧挣扎在文字里，挺身前进。

她看着窗外新陈代谢后的绿叶，轻微叹了口气。

这是她来南方的第二年。

2.

邢薇是她通过高中同学方琳认识的一个“非直系”学姐。

那年她只考上了家乡的大学，而方琳远走他乡前往 S 市上学，方琳和邢薇都是 S 市知名大学会计系的高才生。

毕业后，孟楚不想留在家乡，决定南下投奔方琳，但是没想到半年后，方琳因为父母和男朋友返回故里，后来孟楚便和邢薇生活在一起。

邢薇是正宗的 S 市人，却没有江南水乡女子那般柔软的性格，反而带着一点北方人的雷厉风行。她毕业后不喜欢父母常常在耳边唠叨结婚生子的事情，于是决定从家里搬出来住。

两个单身女孩子住在一起，虽然生活中诸多疲累和辛苦，但好在两人会自我安慰，自得其乐，也算开心。

孟楚从图书馆出来，决定先去附近的超市买点水果蔬菜。她很喜欢逛超市，她喜欢烟火气息浓重的地方，喜欢看情侣手挽着手一起走过一排排货架，女的站在前面挑着日用品，男的站在身后推着车，这幅景象虽然平淡，却好不惬意。

她的父母从来没有这样和平共处过，所以造就她对婚姻一点也不向往。她甚至想过，一个人过一生虽说有些孤独，但好在自由，不用被一些不必要的枷锁困住。

她买了很多新鲜的蔬菜和水果，然后离开超市。

邢薇经常加班，出租房里一直是她一个人，她吃完晚饭后，便又坐在电脑面前敲敲打打。

深夜，门锁响动的声音惊醒了趴在茶几上睡着的孟楚。

“你回来了啊。”孟楚伸了一下腰，然后揉了揉惺忪睡眼，写文的工作让她的睡眠很是不规律，常常半夜起来写，写困了就睡。

邢薇劝诫过她很多次了，可是都没用，生活习惯一旦养成，就很难改变。

“怎么没回屋睡？”邢薇换下高跟鞋，趿拉着拖鞋进了屋。

“困了就直接睡了。”孟楚一边打着哈欠一边说，她推了推茶几上的电脑，“你看看我改编的本子行吗？”

“完事啦？”邢薇瞪着大眼睛，难以置信地问。

“嗯。”孟楚撑着茶几起身，去厨房给自己泡一杯咖啡回来。

“行吗？”她问。

邢薇抬头，高兴地说：“行，肯定行，你这都是专业水准了。”

孟楚喝了一口咖啡，笑道：“哪有那么夸张？”

“哎？”邢薇皱着眉看她，叮嘱道，“少喝点咖啡，这玩意儿上瘾，让人上瘾的东西都不是好东西。”

孟楚笑着摇头，转移话题问：“今天怎么下班比平常还晚？”

“还不是那个狗头领导的错，我就说那批货的账没算，他偏说算了，结果今天被上面查出来了，近三天的货账单都要重新算一遍，累死老娘了。”邢薇直接躺在地上，仰天长啸。

孟楚也听出点端倪来，虽然她不身处职场，但是那点猫腻不用深想也能推出个大概来，想必是有人想偷账。

“下一期什么时候要？”看着躺在地上的邢薇，孟楚问。

“下一期要三个月后呢。网配嘛，你也知道，不用更得那么勤，我总要给自己喘口气的时间啊。”一提起这个，邢薇又来劲了，直起身子兴奋道，“你不知道这次我约到一个强大的变声系（指音域宽广的CV），前几次约的时候他特别忙，这次总算被我约到了。”

孟楚也挺好奇这个变声系到底有什么魔力之处，能让邢薇这么执着。

“听干音（没有任何处理的原始录音）的时候我叫你。”邢薇笑，卖了个关子。

安静的室内，只有风撩动窗帘的细微声音，电脑屏幕上蓝色电波不规律地起起伏伏。

扬声器里发出两个不同男人的声音。

“喂，你不能这么做，我会吃醋的。”软萌音说。

“别吃醋，我只喜欢你。”糙男音说。

孟楚聚精会神地听着，甚至怀疑自己的耳朵出现了问题。

“你说，这是同一个人录的音？”孟楚依旧不敢相信，指着电脑屏幕惊讶地问。

邢薇笑着点点头。

孟楚发出轻微的叹息，惊讶这个 CV 的展现力，虽说她对网配圈并不是特别熟悉，可是她知道这个世界上有一种能力叫“伪音”，可是伪得这么自然，并且一点同一个人音色的痕迹都找不出来，的确太少见了。

“他可是变声系中的变声系。”邢薇说。

“你跟他熟吗？”孟楚问。

“不熟。”邢薇手指点着桌子，“他很少和圈里的人‘面基’（见面），我也是通过沈京才联系上的，那家伙说什么也不给我看他的照片，说是为了保护他们的友情。”

说到这里，邢薇激动了一下："胡说，我看就是这浑小子在卖关子。"

沈京是邢薇圈内的好友，而且见过面。孟楚知道有这个人，但是一直没有什么契机交流和联系，基本关于他的事情都是听邢薇说的，据说这人在圈内是个万年龙套，圈外还是个相亲狂魔。

"他叫什么名字？"孟楚还没有从震惊中回神，愣愣地问了一句。

"他叫酥酥。"邢薇说，"这是他的 CV 名字。"

酥酥。

孟楚默念一句，他的名字。

3.

孟楚点进了酥酥的微博主页面。

她发现这个男人除了喜欢晒一堆沙拉之外，并没有什么特别的喜好，有关他生活的细枝末节更是少之又少。

孟楚一直认真地翻看，最后退出微博主页的时候点了"特别关注"的按钮。

皮皮虾的头像在不停地晃动，孟楚点开对话框。

"小楚楚，你在做什么啊？"这是陈皮一贯的说话风格，即使隔着屏幕也能感受到。

"这么久都没个动静，是不是忘了你皮皮哥？"陈皮发了一个贱贱的表情。

孟楚忍着笑，回复道："哪敢啊，皮皮哥最近忙不？"

陈皮开始插科打诨。

“最近不就是连续跑工厂嘛，哥的老腿都快断了。”陈皮正经地说了自己的近况。

陈皮是除了邢薇之外，孟楚在异乡的另一个朋友。两人相识其实是一场很奇妙的缘分，当初孟楚刚到南方不久，她在自己常常混迹的贴吧发表自己的原创故事，然后留下自己的联系方式，一是为了寻找志趣相投的朋友，二是希望借着这样的平台联系几家靠谱的公司，给自己写的故事增加一点曝光度。

陈皮就是因为看到了她写的故事加了她的 QQ，两个人才正式联系上。当时陈皮刚入圈，加入的网配社团规模很小，又想自己策划一部剧，但是没有人脉，只能在网上挖掘，看了孟楚写的故事，觉得不错，于是联系她给自己写个剧本。

当时孟楚并不是特别愿意，因为这事一没钱拿，二是浪费时间。

但是陈皮这人热情又好说，无奈之下，孟楚便接了这个任务。那是一个全一期的广播剧，改编自一个题材很小众的小说，她是一个写言情故事的人，改起来的确有些吃力，但是好在她总结能力还不错，再加上写故事的思维很顺畅，于是那个剧本大家都很满意。

两人正式见面还是一年前，当时两个人在“二次元”的关系处得不错，于是逐渐透露“三次元”的一些事情，巧的是两人正好生活在同一座城市，便相约见了面。

陈皮在网上已经很皮了，孟楚没想到人如其名，他在现实生活中也很皮。

不过这人在食品加工厂是一个小领导级别的人物，常年到处出差，跑各种加工厂，所以孟楚很少跟他见面，不过联系的频率一直没有降低。最开始的时候邢薇也好奇过，说陈皮看上她了，所以对她这么热乎。

当时孟楚只是意味深长地笑了笑，其实她明白，陈皮只是很喜欢和她相处，就像哥哥对待妹妹，他们之间绝对不会产生男女之间的爱情。

“小薇薇呢？”陈皮问。

陈皮和邢薇都是本地人，所以只要陈皮不出差，三人聚会是常事。邢薇也是在彻底和陈皮熟了之后才知道他那点儿事，所以才敢大胆地开各种带有颜色的玩笑。

在这座城市生活，邢薇和陈皮的存在已经成为孟楚人生里的必不可少，有时她真不敢想象，如果没有他们俩，她的生活会多寡味。

“她加班啊。”孟楚下意识看了一眼四周安静的房间，不管春夏秋冬，陪伴她的始终只有一台电脑和无时无刻都存在的空气。

“公司是给她多少钱啊，这么卖命？”陈皮不屑地说。

孟楚嘴角轻微扯动，然后在对话框里打了一个数字给他发过去。

陈皮很配合地安静了下来，然后发了一个“我闭嘴”的表情。

时间静默了几秒，孟楚看着陈皮的对话框，鬼使神差地问了一句：“你在圈里认识一个叫酥酥的 CV 吗？”

陈皮回：“知道这人，但是没怎么接触过，之前有一部蔚蓝主役配音的剧，我和他都在剧里面跑过龙套。”随后他又补充，“但是你也知道，网配这个圈子都是各录各的，不认识照样能合作一部剧，所以有时候 CV 之间根本就不熟。”

蔚蓝是网配圈里的男神，也是很低调的一名选手，现在几乎是半隐退的状态。

陈皮说得不错，网配都是业余活动，大家都是有主业的情况下，用业余的时间来发展自己的爱好，干音都是各录各的，然后再交到同一个策划手里，干音收集后交给后期制作就可以了，所以CV之间不需要联系也可以完成一部剧。

“你怎么突然问起他了？”陈皮发了一个疑问的表情。

孟楚怅然若失了几秒后，回复道：“没什么特别的，就觉得他的声音挺好听的。”

陈皮笑道：“你什么时候变成声控了？你不是一向对这个没太大兴趣的吗？”

当初陈皮没少在孟楚面前叨咕一些网配圈里的事，后者基本是一笑过之，没有那么大的好奇心，后来他就不怎么说了。

如今这是吹的哪股子邪风？

孟楚毫不留情地回击道：“还不允许我改变吗？谁能保证自己是一成不变的？”

陈皮投降，他说不过伶牙俐齿的孟楚，然后讪讪问道：“那你说说，哥的声音好听不？”

陈皮的声线其实一般，而且很单一，配个甲乙丙龙套什么的还行，但如果要配一些有深度的角色，他的戏感和声音都显得单薄了些。

但是，那个人不一样，他的声音能让别人根本认不出是他，孟楚不由得想到“宝藏男孩”这四个字。

陈皮还在轰炸她的对话框，这一点倒是和邢薇如出一辙，怪不得两人做剧的时候总是一拍即合。

孟楚抿了一下唇，脸不红心不跳地撒谎：“您是天籁之声。”

被夸了的陈皮心情大好，然后很是大方地和孟楚约时间请她吃饭。

下 QQ 之前，陈皮不忘交代叫上邢薇。

“这次见面，哥要好好稀罕稀罕你俩，可想死哥了。”陈皮作为一个正宗的南方人，这股流氓东北腔还是向孟楚学来的。

看着对话框，孟楚大笑不止，然后发了一个“滚”字。

4.

孟楚正在图书馆码字。

她不喜欢在家里码字，图书馆安静的氛围和书香气更能让她全神贯注地去构写一个故事，偶尔照进来的阳光就像上天赐予的，落在她的身上，有一种温暖人心的力量。

手机上微博的提示音突然响起。

她停下打字的手，然后拿起手机看了看，是一个陌生又熟悉的 ID。她特别关注的酥酥发了一条新微博，是一条直播预告。

今晚九点会在 CV 酥酥的直播间进行直播，主题就是随便聊聊。

还真是一个很随意的主题，孟楚想。

晚上九点，孟楚很早就完成了今日的写字任务，然后捧着手机在直播间等待，那是一种难以言喻的奇妙感受。她很少追星，除了每天读书写字之外，很少有娱乐性的东西能够吸引她浪费自己的时间去经营，但是她在直播间等待的这段时间，心中的期待如同在森林中奔腾的小鹿，没有前行的轨迹，只是在乱跑乱撞。

手机屏幕正中间开始倒计时，消失的每一秒钟，都与她越来越重的心跳成为正比。

早已经过了正式开始直播的时间，公屏上的粉丝开始刷弹幕，大家都在说酥酥可能是在洗衣服忘记了时间。

孟楚看着粉丝不停地刷消息，越看越诧异，脑子里不停地翻腾着对这个男人的好奇。他和粉丝之间的话题都是这么生活化的吗?

他到底是一个怎样的男人?

开播时间过去了三分钟，本来底色黑暗的屏幕一下子亮了起来，一张池塘莲花的背景图瞬间展现在眼前。

一阵麦克风窸窸窣窣的声音过后——

“能听到我说话吗？”一个软萌的声音在直播间响起，“不好意思我来晚了，我刚刚……刚刚在做沙拉来着，唉，今天好累哦。”他的声音就像一个撒娇的小男孩，每一句都能温柔抚摸心脏上最柔软的地带。

公屏上的粉丝不停地在刷“啊啊啊啊”，然后还有一些人在刷“今天的糖糖好萌好软啊，今天是奶糖啊”。

糖糖?

孟楚看着公屏上那些话，有种自己走错直播间的错觉。

“今天有小伙伴要过生日吗？”他问。

公屏上一水地刷“有”。

“最近怎么这么多人过生日？”他哭笑不得，随后转变声线说，“你们是约好的吗？”

小伙伴们因为他随时切换的声线激动得在公屏上刷弹幕。

她们统一口径说：“拆哥出来啦。”

拆哥又是谁？

孟楚就这样带着一脑袋的疑问听他从小粉丝点的第一首生日歌一直唱到最后一首。最后一首唱完的时候，酥酥下意识地咳嗽了两声。

一下子唱十几首歌曲，嗓子可能有些难受，孟楚一直在窥屏，因为他的两声咳嗽，眉头不自觉地轻微皱起。

“好累哦。”他软萌的声音穿透网线，不断钻进孟楚的耳朵里。

她无法想象，一个男人怎么可以这么可爱，同时又可以变得很“糙气”，不管是哪种，都有一种迷人的味道。

粉丝提的问题都是例行公事的表白，只有最后一个问题很有趣。

一个小小的奶糖提问：“拆哥和糖姐的日常好萌好甜哦，如果糖姐离家出走，拆哥会着急吗？”

孟楚听到他念问题的时候明显有忍不住的笑意，读完之后果然哈哈大笑起来。

他笑着回答：“拆哥和糖姐是不能分开的哈。”

孟楚被他出人意料的回答惊到了，同时心中的疑问越来越深。

直播的最后，酥酥给大家唱了一首晚安曲，音乐间奏响起的时候，直播突然被挂断了。孟楚以为是自己的网络卡了，连忙重新打开软件，才发现是对方挂断了直播。

这人真是……

果然，评论区出现了粉丝大吃一惊的评论。

“这‘下播’的速度让我以为自己卡掉了，哈哈！”

“这次又是秒下啊……”

“大家习惯就好。”

“我字打一半就退出来了，什么鬼！？”

…………

孟楚翻看着评论，嘴角的笑意越来越深。

邢薇加完班回家，正好看到孟楚抱着手机在傻笑。

“什么事笑得这么开心？”邢薇换下高跟鞋进屋。

孟楚笑意不减：“就是碰见一个很有意思的人。”

一个遥远却又很近的人，一个像是幻想却又真实的人，在一场不知名的相遇里，带给她难得的快乐时光，很是难忘。

5.

早年网配圈喜欢管男 CV 叫“姐”的事情，孟楚有所耳闻，但是她不知道“拆哥”是从何而来的。孟楚用匿名的小号在微博上留言，询问有关拆哥和糖姐的事情始末。

原来，拆哥和糖姐分别代表 CV 酥酥的两种声线，因为最开始酥酥的微博名字叫“拆开的大酥糖”，所以粉丝们自动分成了两种叫法。

“拆哥”指的就是他很糙的声线，“糖姐”就是他很萌的声线，粉丝们脑洞大开，明明是一个人，却把这两种虚无的人设组成了CP（指“二次元”人物配对）。

在“二次元”，大家有理由和心情尽情挥洒内心深处隐藏最深的喜好与愿望。

邢薇难得闲出一天，陈皮也从几百公里外的城市飞回S市，三人聚在好久不光顾的大排档一解多日不见甚是想念的“哀愁”。

这个三人组合怎么看都有点怪，一个满世界乱飞，就差没准备一架专机接送的年薪一百多万元的小领导，以及虽然忙，但是生活水平处于上游的都市白领，竟然和一个不知名的小作家坐在烟火漫天的市井小区的露天大排档里吃着刚烤好的羊肉串。

“你说这玩意儿到底是不是羊肉啊？”邢薇拿起一根羊肉串打量着，她今天休假，脱掉了往日里精英的着装，换上一身休闲运动服，洗掉了平时精致的妆容后，配上两根随手编织的麻花辫子，竟然意外地有种乡村风情。

“你管它呢。不管是老鼠肉还是猫肉，哪怕是狐狸肉，只要有羊肉味吃不死人不就得了？”陈皮一手抓串，一手抓冰镇啤酒，一副糙老汉刚进城的模样。

孟楚抬头看看邢薇，又看看陈皮，心里点头称道：乡村姑娘配糙老汉……还是有点亏啊。

“你说完我怎么吃啊？”邢薇瞪了陈皮一眼。

“啧，是你先提的，怎么还赖我呢？”陈皮一脸无奈。

“谁让你说得这么详细的，倒胃口。”邢薇把手里攥着的不知道是什么肉的串扔在盘子里。

陈皮一脸坏笑：“都说唯女子与小人难养也，我看是唯你最难养。”他准备抬手喝啤酒的动作被邢薇拽他耳朵的行为打断了。

“哎哎哎……小薇薇，哥错了还不行吗？”陈皮叫唤。

邢薇的手劲一般人领教不了。

孟楚记得刚和邢薇住在一起的时候，两人打闹，当时看着没啥事，事后手腕全是青紫痕，她之后就长了记性，绝对不和邢薇动手。

可是陈皮没记性。

陈皮搓着自己的耳朵倒吸口气：“哎哟喂，你可太狠了，一点也没有南方女子的温柔，怎么和粗鲁老娘们似的。”

孟楚闻言抬眼，目光锐利得如同一把剑刺透陈皮的胸膛。

陈皮感受到目光不善，主动认错。他自知力量有限，实在惹不起这对姐妹花。

“东北女生怎么了？”孟楚喝了一口啤酒。她酒量不好，两杯基本上头，此时半座城市的灯光照着她脸蛋上的微微红晕。

“没……没怎么，看我家小楚多好啊。”陈皮笑。

孟楚不和他一般见识。

“你手里那个剧怎么样了？”陈皮突然问道。

邢薇已经没有胃口了，只能一口又一口喝着冰镇啤酒，南方的春天很短，稍纵即逝，盛夏开始无声无息蔓延到每一处空气里。

“进后期了。”邢薇说，“估计过几天就要发剧了。”

“我听说你约到 CV 酥酥了。”陈皮云淡风轻地继续这个话题。

孟楚却因为话里的两个字从懒散混沌的思绪中突然惊醒，这种感觉就像寂静森林中一群突然飞起的鸟儿鸣叫，清脆又明亮。

“沈京帮忙约的。”邢薇说。

“我说呢。”陈皮一脸什么都懂的表情。

如果说邢薇是知名策划，沈京就是通吃的男 CV，男女老少，他都能“勾搭”上。

怪不得他连 CV 名字都起得那么嘚瑟。

瞎蹦哒，哪儿都要蹦跶一下。

散场时已经是深夜，陈皮酒喝得最多，一向以海量著称的他也开始迈着虚无的步子，邢薇向来千杯不醉，孟楚的视线已经模糊了。

邢薇拖着一男一女走在街道边，费劲地伸出手拦了一辆出租车，艰难地把陈皮拖上了车，然后交代司机师傅地址，总算是送走了。

孟楚坐在街边，虽然脑袋又沉又晕，但神志还是清醒的，她还记得刚刚微博上的某条特别关注的动态说刚刚吃了烧烤。

孟楚想着想着就傻笑起来。她虽然入社会早，但年纪是这三人中最小的，偶尔流露出傻气，有少女般天真纯情的模样。

“我们回家吧。”邢薇向她伸出手。这儿离她们俩租的出租屋不算远，走路十分钟就能到。

“我们坐一会儿吧。”孟楚仰着头。今天的雾霾很重，没有星星的夜空像一张纯黑的布，感觉随时会塌下来。

酒精刺激着大脑，呼吸开始变得急促又沉重，甚至有点窒息的感觉。孟楚用力吸了几口气。

“你没事吧？”邢薇有点担心她的状况。

“我没事，薇薇姐，我稀罕你，哈哈……嗝……”她打完酒嗝继续傻笑，酒精刺激得她东北家乡话都冒出来了。

邢薇一脸无奈地看着耍酒疯的女人。

“我们听会儿歌吧。”孟楚翻出自己的手机，在软件上的搜索栏上打上酥酥的名字。她最近查了很多酥酥以往的作品和资料，发现他是一个很喜欢翻唱古风歌的 CV。

她没看歌名，只看到是他翻唱的便点了下去。

这是一首凄美悠长的古风歌，歌词的大意是叙述一对有情人相爱却不能相守。

那个让她心动的声音透过扬声器在晚风中徐徐而来。

——若随风，往事不随风，它偶然飘落入梦中。

这个男人的声音，就这样用无法拒绝的强硬姿势落进她的梦里，往后的每一天都与她相伴。

第二章

有所思

/ 老故事，已散场，遮不住，这月光。/

1.

“你知不知道，你的剧本受到了好多 CV 的夸赞。”邢薇突然在 QQ 上和孟楚说了一句话，孟楚还在写故事的思路一下子被打断了。

会有他吗？

他也会觉得我写得很好吗？

“小样已经出来了，你要不要听一下？”邢薇问她。

孟楚看着聊天对话框失神几秒，阳光落在键盘上跳舞，她看见自己的手指微微有些颤抖，然后敲打出几个字。

她回复道：“你发我邮箱吧。”

没过多久，便提示她有一封新的邮件待查看。

将近一个小时的音频小样，酥酥的声音占据了一半的时长，他一个人分裂成两个角色，换句话说，他是在和自己演对手戏。

电脑屏幕上打开的软件晃荡着蓝色的波浪线，音频的最后，是一段缓和的蓝色波浪线条，耳机里的他在说话。

图书馆室内依旧鸦雀无声，孟楚塞着耳机，除了他的声音立体环绕在耳边外，她唯一能听见的声音便是心脏重重的跳动声。

“咚……咚……咚……”

富有缓慢节奏，每一下都像被重重撞击般微颤。

耳机里的酥酥说着台词。

“宝贝儿，我爱你。”粗糙的声线带着磨砂一般的性感，说着让人心动的台词。

时间轴进行到最后两分钟，ED（片尾曲）响起，孟楚这才完全从这个声音的世界里回神。

以前的她并不是很理解一个人怎么会仅仅为另一个人的声音而痴狂，这一刻她终于明白，那是因为令她心动的声音还没有出现。

正午的日头穿过街道两旁的树叶铺满水泥马路，形成一条金光大道，孟楚看向窗外，眼睛竟然微微有些酸涩，她想，这个声音终于出现了。

微博主页是酥酥五分钟前刚转发策划的发剧消息，他的转发没有配文字，只带了两只粉色的小兔子表情。

对于这个剧，邢薇打算策划四期，前几天两人还谈论了一下把原著后面的故事压缩一下，争取可以四期完结。

“我看过原著了，后面其实多少有点作者的注水行为，有很多小的情节和台词是可以安排在同一个场景里体现的。”孟楚坐在沙发上说出自己的建议。

邢薇赞同，点点头：“就听你的。”

孟楚看着电脑上最后一期剧本，突然有一点惆怅，因为故事的最后涉及亲热戏，酥酥是两个人的主角，一个人录可能会有很高的难度吧。

“怎么了？”邢薇察觉她走神。

“把亲热戏都删了，你觉得怎么样？”孟楚问。

“不行。”邢薇立刻拒绝。

“为什么？”

“你总要留点给听剧的人啊，太清水了，他们就没有期待了。虽说我们做网配是为爱发电，但是该有的决不能省。”邢薇振振有词。

孟楚无力反驳，邢薇这话说得的确不错，大家最期待的是感情戏，太清水了估计会遭人埋怨。

孟楚再三琢磨，最后还是写了一点亲热戏，但是及时拉灯了，毕竟原著尺度太大，不能完全照搬。

第四期干音录制的时候，孟楚特意赶上一次酥酥的直播。

那天有很多粉丝问新剧的进度，问剩下的两期什么时候可以出来。酥酥看到公屏上刷的问题，故意撒娇卖萌。

“那个……那个……我也不知道啊。”隔着屏幕都能感觉到他软萌得像个小男孩，真想伸手去掐掐他的脸蛋。

“啊……不过有一件事情可以和你们说说，第三期我的干音已经交了，第四期剧本也已经定了，这次的剧本真的非常合我心意呢。”他说话是每一句的尾音都故意扬起来，带着软绵绵的感觉，听着人心里痒痒的。

他直播时大多时候喜欢用自己的本音。酥酥的本音很软，有时故意再撒个娇卖个萌，就会变得更软更萌。

因为他透露广播剧的相关消息，各种弹幕和礼物层出不穷地往外冒。

“我和你们说。”他压抑着笑意缓缓说，“我以前最不想录的戏就是亲热戏，因为真的好害羞好害羞啊，尤其是返音的话，也不知道自己录几秒合适，不知道自己录的够不够后期剪，所以我会挑很清水的本子录。”他侃侃而谈自己录剧的事情。

孟楚听着他说话，耳膜用最贴近他声音的距离感受他说的每一个字每一句话。

“可是这次这个编剧写的本子拉灯拉得恰到好处，我录一条基本就可以了，也不用返音，真的是好开心呢。”他卖萌的时候总喜欢在一句话的最后加一个“呢”字，故意扬起声调，特别可爱。

粉丝们在公屏上又不淡定了。

“啊啊啊啊……今天又是奶糖啊。”

“好想把奶糖抱回家。”

“我们组团偷糖吧。”

“糖姐，我爱你啊啊。”

“嗝……”

一个突如其来的打嗝声不仅打断了公屏上继续轰炸的表白，也打断了孟楚短暂沉浸在声音里的思绪。

他换了一个声线说：“不好意思，我打了个嗝。”然后又换回软萌音说，“我好累哦。”他自娱自乐得很开心，“我换个声线哈，换个人顶一会儿，太累了。”

公屏上一水的“哈哈哈”，甚至有人说：“官方发糖了，拆糖 CP 一生推。”

大家都很开心，孟楚却不开心。也许是因为她从小就性格敏感，她注意到他每次直播的时候总会不经意说一句“好累哦”，用玩笑和逗趣的方式说出来的难过，其实是真正的难过。

她突然想到以前不知从何处看到的一句话：自得其乐的人，其实很孤独。

直播的日常环节就是瞎聊、唱歌、回答问题。

最后他下播的时候依旧是秒下，孟楚看着手机上已经跳出直播间的提示，无声无息地说了一句：“累了就睡吧。”

此时城市里的雾霾散去，露出星光漫天的黑夜。

她希望，每个生活在霓虹世界里的人，都可以夜夜好梦。

尤其是他。

2.

“第四期要现场 pia 戏，你要不要来？”邢薇难得不加班，她穿着一身棉质家居服，扎着懒散的丸子头，盘腿坐在地上挖着手里的冰激凌。

pia 戏是配音圈里一种很常见的录制干音的方式，导演可以对 CV 的戏感语调以及发声部位等进行现场指导和纠正。

现场 pia 出来的戏，很少会有返音的情况，这样出来的干音会比 CV 自身去录更具有时效性。

但是现场 pia 戏需要 CV 统一自己的时间，聚在一个 YY 频道里面进行，所以这种录制方法运用得并不多。

“什么……什么时候？”孟楚话音有点抖，因为她知道现场 pia 戏说明要和酥酥在同一个 YY 频道里，就像“二次元”茶话会一样，大家一起研究剧本，闲聊。

“我和沈京约的是下周六，那天我休息，而且他说那天会去春市找酥酥，两个人‘面基’的时候可以一同上麦。”邢薇突然想起什么，举着挖冰激凌的木勺子说，“哦，对了，那天陈皮也非要来凑热闹，我顺便让他给我配个龙套音，这家伙就是适合配小痞子和流氓，简直是本色出演。”她一边说一边笑。

“那天几点啊？”孟楚问，慌张的神思悄悄流淌在眼底。

邢薇没察觉，继续吃着冰激凌，用不确定的口气说：“晚上九点吧，沈京没给我确定时间啊，我怕酥酥那边临时有事现场对不成了。”

“哦哦。”孟楚闻言，又失落地点点头。

“薇薇，我……”孟楚欲言又止。

“怎么了，说话干吗神神秘秘的？”邢薇好笑地看着孟楚。她与孟楚交往两年，很是欣赏孟楚大方洒脱的做事风格，从没见过孟楚如此温暾的模样，自然对孟楚接下来要说的话产生几分好奇。

“我……我那天就想跟着你听，但是你能不说我也在吗？”如果酥酥真的在，她怕到时候她会紧张得说不出话来。

这种感觉很奇妙，想接近一个人，又害怕接近这个人。

喜欢是一种很复杂的情感，就像一道复杂的菜谱，里面有很多调料，可是做出成品之前你永远都不知道它是苦是甜，是酸是咸。

她明白她对酥酥的喜欢，并不是对一个普通偶像的喜欢，因为她通过他的声音，感受到了一种和她相似的东西。

她说不上来是什么，不过她确定存在。

“为什么啊？”邢薇问。

“我和剧组的人也不是特别熟，万一人家因为我在，到时候放不开 pia 戏不就不好了吗？”孟楚解释道。

邢薇想想这话的确有点道理，便答应了。

周六，孟楚在图书馆码完字后，顺便去了一趟超市，买了很多日用品和蔬菜。

邢薇这天休息，两个姑娘挤在不大的厨房里，一个洗菜，一个煮菜。

晚饭后，邢薇在网上催人了，她开了一个 YY 频道房间，陈皮来得比较早，开了麦就是一阵贫嘴。

“最近哥都要住在飞机上了。”陈皮吐槽着公司的惨无人道，“你不知道飞机上的东西有多难吃，还不如前几天咱们‘撸’的串味道好。”他感叹道，“唯一好点的就是有漂亮的小姐姐递饮料。”

“哟，你什么时候开始看颜值了？”邢薇笑他。

陈皮嗤笑一声。

孟楚听着他扯皮，低下头抿着嘴笑了笑。

“小楚呢？”他突然问。

邢薇下意识地看了孟楚一眼，后者把手指放在嘴唇上，做了一个噤声的动作。邢薇心领神会，然后很是配合地一起欺骗毫不知情的陈皮：“睡觉呢。”

陈皮一听就“炸”了：“睡什么觉啊，起来嗨啊。”

邢薇和孟楚对视了一眼，同时无声地笑了出来。

一阵稀稀拉拉的声音突然从YY频道里传出。

“喂，听得见吗？”一道亮丽的男声突然从YY频道里面窜出。

是他。

孟楚脑子一下就炸掉了，心脏随着这漫不经心的一句问候加快跳动。

一阵麦克风碰撞的声音后，另一道男声响起，明显是和酥酥共用一个麦克风的。

“你们吃了吗？”

“哒姐，你怎么在这儿啊？”邢薇笑道，“又开始假公济私地去‘面基’了？”

沈京那边明显在刺溜刺溜吸面条，麦克风无限放大了所有的声音。

“怎么说话呢？”沈京说，“哥来春市是办正事的。”

邢薇不信他的鬼话，看着电脑翻了一个大白眼。

“同样是出差，为什么差距就那么大呢？”陈皮在那儿抱怨。

“哎？”沈京吸着面条，“皮皮虾也在啊？”

陈皮一听，立马不干了，他不能这么没有存在感，立刻回击道：“我说你是不是傻，是不是傻，麦上的排序你看不见吗？那么醒目的名字。”

陈皮和沈京的关系其实一般，都是通过邢薇认识的，不过这两人都是自来熟，话也多，凑到一起总是很热闹。

“坐飞机都没把你坐废了，还是那么生龙活虎的？”沈京看见奓毛的陈皮觉得好笑。

这两人之间的一举一动还真是火花四溅，极大地满足了孟楚和邢薇这两个喜欢看戏的人。

“咱们别打情骂俏了哈。”终于有一个正常人来阻止，酥酥接着问，“今天不是要把第四期的剧本对一下吗？是全录了，还是只是录几场重要的戏？”

孟楚看着 YY 频道麦序的位置，酥酥前面的麦克风标志是亮的，他说完话关掉麦克风后提示灯又灭了。

“对对对，赶紧正事。”邢薇附和。

“你们都有本吧？”邢薇问。

“有，前两天你不是发了？”沈京刺溜吃完最后一口面条。

“今天大家都有空，正好把主角的部分都录了吧，至于配角我再一个一个去催。”邢薇说。

“你还有几个龙套没找到人啊？”沈京问。

“应该……我看看啊……”邢薇在自己的文件夹里翻了翻，然后默默念叨说，“还有三个龙套没找到。”她突然想到什么，讨好地笑，“哒姐和虾一人再帮我录一个龙套呗。”

“我不录。”沈京拒绝，“你又不是不知道，我声音一下就会被听出来，录龙套合适吗？”在这部广播剧里，沈京配了一个配角，他声线单一，辨识度极高，如果只是日常跑龙套还可以，可是已经配了一个有分量的角色，再去录龙套，被人听出来“违和感”很高。

“他也不行。”沈京没给邢薇动怒的机会，立刻说，“虾姐的声音太难听了，你找个好听点的。”

“胡说！”突然被点名批评的陈皮彻底怒了，“一个万年龙套还瞧不起我。”

沈京戏谑道：“哥们还是有主役的，你呢？”

没有演过主角的陈皮说不过沈京，自动闭了嘴。

邢薇和孟楚被两人的互动逗得只能闭了麦前仰后合地大笑起来。

“让他来。”沈京突然说。

“干吗又是我啊？”酥酥的声音突然变得很软萌。

“能不能不要那么娇羞啊？真是受够你了。”酥酥换了声线，对自己说。

“瞅见了没有，又开始精分了。”沈京说。

不管听多少次，这声音都“伪”得让人震撼。孟楚收起被沈京和陈皮逗得散乱的心思，全神贯注只听一个人说话。

“蔷薇，你把龙套的本发给我吧。”

蔷薇是邢薇在“二次元”用的化名。

3.

“你知不知道我最害怕的就是你不在我身边，为什么偏偏你要离开我呢？”

“我没有……”一阵隐忍的哭声。

“我以后再也不会离开你了，你相信我。”

“是真的吗？”

“是真的。”

整个 YY 频道都是静默的，所有人都在全神贯注地听酥酥一个人转换声线的录音。虽然节奏有些慢，但是因为戏感很好，情绪饱满充盈，即使是在没有任何后期的情况下，只是简单的几句台词，依旧让听的人陷进这个故事当中，陷入到主人公纠结的感情当中。

YY 频道迟迟没有人发出声音，大家不敢轻易打扰酥酥递进的情绪，就在大家安静等待的时候，突然冒出一道萌蠢的哀号声：“为什么会有亲热戏啊？”

“这已经很好了，都给你拉灯了。”沈京说。

“可是……可是，还是很羞耻啊。”酥酥就像一个讨要糖果的小孩，又软又萌，让人很想搂在怀里。

邢薇打开麦克风，刚才为了保证 YY 频道没有混响出现，录出来的干音效果好，在酥酥正式录制的时候，大家都很自觉地把麦克风关掉了。

“这哪儿羞耻了？”

她一边问，一边瞟坐在身边的孟楚。

孟楚用手比画，嘴在动，但是没有发出声音：“我已经尽量删减了，原著尺度更大。”

邢薇配合一般地说：“原著尺度更大，编剧已经尽量删减了。”

陈皮突然插话：“糖姐，你不会是没有提前看剧本吧？”

“不是……”酥酥显然有一点语无伦次，“我看了，但是我没看完，因为前面已经录了三期，这个人物我基本知道他到底是怎么回事了，所以我就看了前面的几个场景。”

“糖姐，你平时都是怎么揣摩人物的啊？”陈皮再次插嘴。

酥酥是圈里公认戏感很好的 CV 之一，而且从来不拖音，邢薇有好几次都是在凌晨收到他发过来的干音邮件，即使有需要返音重录的地方，他也是第一个返，从来不会因为自己拖剧组的进度。

“打开剧本就行啊。”他换了一个声线，就像变了一个人。

“你能不能用你的本音说话？”陈皮很是配合抖了两下身上的鸡皮疙瘩，“你再这样，我就报警了。”

大家的笑声齐刷刷地在 YY 频道响起。

“不行，我录不了。”酥酥哭丧着脸。

“为啥录不了，不就是亲个嘴嘛，又不是真亲，你亲自己的手，弄出点动静就行，到时候后期给你做个背景音乐，然后场景一切换就齐活了。”陈皮说。

“糖姐，拿出你专业CV的素质来，你行的。”邢薇说。

沈京催促道：“快点。”他好像捶了酥酥一下，孟楚听见明显的一道闷闷的重击声。

酥酥咳了一声，平静了一下，大家屏息凝神继续听。

“扑哧”一声，随之而来的是酥酥孩子一般的笑声，他大声说：“不行，我真的不行，太羞耻了。”

孟楚不自觉抿起嘴唇，她甚至可以想象麦克风那边他摇着手拒绝的模样。

“要不你亲一下哒姐。”陈皮无下限，“来个场景还原得了，最好亲响点。”

“你给我滚犊子。”沈京笑骂道。

陈皮无奈：“我就是想让你帮一下糖姐，是你自己想歪的。”

邢薇笑着出来阻止：“行啦，我看大家也都累了。”她看了一下时间，已经是深夜，“今天就到这儿吧，现在就差几个龙套音和最后一场戏而已。”

酥酥的声音立刻正经起来：“蔷薇，我这周要出去开会，晚上不一定会有时间录音，周末的时候尽量把干音发到你邮箱。”

邢薇说：“好。”然后催促道，“散了散了。”

“啊？”陈皮没玩够，“散什么散啊？”

“该睡觉了。”邢薇说。

“睡什么睡，起来嗨啊。”陈皮兴奋道，“夜生活才刚刚开始啊。”

沈京笑：“虾姐这是没玩够呢。”

陈皮突然想起什么，问道：“哒姐你相亲怎么样了？”

沈京丧气说道：“还能怎么样？就那样呗。”

“我记得你都相亲好久了，怎么一个相中的都没有？”陈皮好奇道。

“哒姐你最近在相亲啊？”酥酥随后插了一句，“最近我家里人也在给我安排相亲，不过我工作太忙了，没时间和对方联系。”

孟楚因为他这句话心情就像坐过山车一样，瞬间攀上高峰，又迅速坠落，那感觉惊险又刺激。

“我倒是想联系啊，可是人家不和我联系啊。前几天又见了一个小学老师，长得好看，又有气质，可是我……”他话音戛然而止。

“你怎么了？”陈皮问。

不知道怎么了，沈京突然没了动静。

“你怎么不说了呢？”陈皮这人比较难缠，话不说明白绝对不死心。

“结果这货开着拖拉机去相亲，把人家吓跑了。”邢薇冷冷插了一句。

时间静止了，然后是一阵哄然大笑。

“那车是我朋友的。”沈京试图挽回自己的面子。

邢薇老母亲式教育：“你说你是不是‘二’，明知道那天相亲，还帮人家去开拖拉机。”

“我日子记混了。”沈京的辩解苍白无力。

“二！”邢薇哼道。

陈皮笑得喘不过气来了：“哒姐，你果然是江湖中人，小弟佩服。”

酥酥这时打了个哈欠：“不行，我要睡了，明天还要上班。”

“行了，散了吧。”

一个一个闭了麦，邢薇退出 YY 频道。

孟楚看着屏幕上消失的名字，在邢薇毫无察觉的情况下，轻轻说了一句：“晚安。”

4.

陈皮最近接了一部主役的剧，这是他第一次挑大梁演主角，他在兴奋之余有些胆怯，用他的话来说就是：我怕自己拖了人家的后腿。

虽说陈皮总是吹牛说自己多厉害，其实他知道自己说的就是玩笑话，真让他当主角，他其实也怕拖了剧组的后腿，所以之前有几个找过来的本子，他都婉拒了。

正好这回找过来的本子是个小众题材，正合他胃口，所以他毫不犹豫就接了。

他这段时间没有出差，时不时就约孟楚出来“撮”一顿。

天气转暖，盛夏的热气悄然袭来，两人坐在露天烧烤店，一边“撸”串一边研究剧本。

“这是个悲剧啊。”孟楚看着剧本说道。

“哥才不管悲剧喜剧，你说实话，这个故事怎么样？”陈皮坐着塑料凳子往孟楚那边蹭了蹭，“我录了一堆的配角和龙套了，这回哥也当次主角。”

“皮哥，你别往前蹭了，我这边没地儿了。”孟楚瞄了他一眼，无奈道。

两人坐在烧烤店外面的露天位置上，孟楚身后有一棵很大的柳树，正好可以阻断炽烈的阳光，留下一片阴凉。

“怎么样？”陈皮不蹭了，眼睛直直地盯着孟楚。

“什么怎么样？”孟楚滑动手机屏幕，一边看一边应着他。

“故事呗。”陈皮又蹭了一下。

“你再挤我，我就不看了哈。”孟楚闭着眼、咬着牙警告道。

“别，哥错了。”陈皮好脾气地说，“你帮哥看看怎么录合适。”

“这个角色其实有点单薄，相反和你演对手戏的那个角色心理倒是复杂很多，看着更立体。”孟楚认真地说，“其实你不用特别在意自己，你应该注意你和对方搭戏是不是能碰撞出火花，你也知道这个都是不同YY频道的收音，后期再厉害，两个人要是不搭，其实效果也不会好到哪儿去。”

孟楚眼珠晃动一下，然后说道：“你和策划商量一下，时间允许，最好还是现场pia戏，你也能了解一下你的对手。”

陈皮戏感没那么好，不然也不会一直都接龙套和戏不多的配角，大幅度的感情戏他根本撑不起来。网配CV的录制都是一个人对着麦克风录制干音，对于戏感不好的陈皮来说，只有有人和他pia戏，效果才能出来。

“那我去和策划说，正好年底之前我都不用飞来飞去地出差了。”

陈皮期待一般地搓搓小手，“哥这次一定要配好，省得沈京那个浑蛋瞧不起我。”

孟楚闻言微微一笑，带着考究的目光打量着陈皮。

陈皮斜眼瞅她：“我知道我长得帅，你也不用这样看我吧。”

孟楚皱着眉，咬着唇，显然是一副满脸疑问的模样。

“你怎么了？”陈皮问。

“喂。”孟楚凑近，悄声问，“你不是看上……”

陈皮瞬间会意，像赶苍蝇一样推她：“瞎想什么呢？快给我滚。”

孟楚捂着肚子哈哈大笑。

陈皮联系了这部剧的策划，组织了一次现场 pia 戏录音的聚会，也就是因为这次聚会，他认识了秦琮，有了非常尴尬的一段经历。

当天秦琮来得晚，是策划先拉着他 pia 戏。

陈皮上了麦。

“我的对手没来吗？”陈皮看着麦序问。

不久之前，他知道他的对手是 CV 兰博基尼。

“他工作有点事，晚点到，你先和我对戏。”策划说，“你先亲一个给我听听。”

“哈？”陈皮蒙了。一上来就这么刺激的吗？

“你连亲亲都不会？”策划抱怨。

陈皮无奈：“谁……谁不会了？”

做广播剧的策划脸皮都厚，根本不在意这种事：“那你先亲一个给我听听啊，就深呼吸啊。”

陈皮虽然脸皮也厚，可是在别人面前录这种东西总是感觉怪异得很。

“不是……”陈皮的话音随着一道电流声戛然而止。

“不好意思，我来晚了。”男人的声音十分好听，内敛又含蓄的声线在不经意间撩动人心弦。

这人就是兰博基尼。

“没……没关系。”陈皮笑，“我们正等着你呢。”

策划说：“好啦，现在小尼也来了，你可以亲了吧。”

陈皮听见对方轻声笑了一下，然后妥协道：“亲亲亲，我亲还不行嘛！”

那天录音意外顺利，陈皮也成功加了兰博基尼为QQ好友。

秦琮是个慢热的人，两人之间的关系都是靠陈皮没皮没脸的自来熟才拉近的。

陈皮总是对孟楚、邢薇抱怨对手是一个木头人，还是一个上锈的木头人，每次聊天的时候回复得特别慢，必须是他说一句，对方才会回一句，多一个标点符号都不会打。

最变态的是，那人从来不用表情包，这就让喜欢用表情包轰炸别人的陈皮很是尴尬了。

陈皮喜欢贫，给谁都爱轰炸各种无下限表情包。他发完一个很可爱的表情之后，看着对方回复的一个“嗯”字，他就像漏电了的机器人一样，目光呆滞地看着屏幕，一个字也打不出来。

这人还真是毁气氛……

陈皮舔了一下牙根，然后在对话框里打上几个字：“第二期的剧本你收到了没？”

“收到了。”秦琮看着对方输入框上，“正在输入”四个字一直在闪，却迟迟没有收到对方的消息。他目光一沉，看不清眼底情绪，显示屏的蓝光停留在他的半张侧脸上。

秦琮的眉眼很是锋利，下颌的线条尖锐单薄，在清冷蓝光的映衬下，竟然隐约带有一股危险的意味。

“那你有什么想法吗？”陈皮犹豫了半天才发出这样一句话。

“没想法。”秦琮回复他。

陈皮今天算是彻底没脾气了，话题终结者果然是名不虚传。

“那没事了，我睡了，等策划安排吧。”陈皮说。

“好。”

言简意赅的回复打击了陈皮最后一丝跳跃的神经。他好奇地想，这人不是在生活中就是这么闷吧，那日子过得多无聊啊，一点乐子也没有。

“早点睡。”秦琮想了想，末了又加上一句，“晚安。”

陈皮看着“晚安”两个字，直接躺在了床上，半晌，他双手捂着眼睛，笑了起来。

这人……还不算无药可救。他想。

5.

最后一期音收齐那天，邢薇休假在家，她手机邮箱的提示音响了好几次，最后一次是酥酥发来干音。

邢薇看着手机笑了起来，眼睛里是不怀好意的笑意。

“你笑什么啊？”孟楚看着她笑，自己也忍不住笑了起来。

“要不要听酥酥的亲吻戏？”邢薇向她投来目光。

孟楚听见自己的心脏重重跳了一下，然后轻声说了句“好”。

一个人要录出两个人在亲吻的声音，其实难度很大，首先气息要让人清楚地分辨出是两个人的，其次，还要有亲吻的碰撞声。

以前邢薇和陈皮都说过，CV 录制亲吻戏的时候，会亲自己的手背，试图营造相似的声响。

孟楚听着电脑里发出微弱的声音，除了心跳得越来越快之外，没发现自己的脸早已悄然变红。那道声音就像一道强而有力的光线，刺进她薄弱的心脏，然后留下一个深深的窟窿，那里空洞到无法填满。

“果然是宝藏啊。”邢薇感叹道。

“是啊。”孟楚转过脸颊，不让邢薇发现自己的变化，然后心不在焉地附和，“真的是一个宝藏呢。”

干音播放结束，这部剧圆满结束。

邢薇突然想到什么，对孟楚说：“这部剧我打算办一场完结 FT，到时候你来吧。”

FT 是指一部剧中重要参与成员聚在一起的活动，主创们分享这部剧创作过程中的感想感悟，以及分享一些有趣的事情。

孟楚惊讶：“不……不好吧？”

邢薇：“有什么不好的，你可是编剧，主要是CV都想认识你这个新编剧。对了，还有酥酥，上次我们pia完戏之后，他加了我的QQ，跟我说剧本写得特别好，还说想认识一下你呢。不过我了解你的性子，就没贸然把你的联系方式给他，FT正好是向大家介绍你的机会，以后姐们要是策划其他剧，你还要帮我写剧本啊。”

酥酥想认识我吗？

孟楚什么都没听进去，只抓住了这个重要信息。

她虽然迷恋“二次元”，但不是热衷于交友的人，熟悉了她可以插科打诨，不熟的时候，她可以一句话都不说。

也许这真的是一个机会？

孟楚愣神想着。

“想什么呢，这么认真？”邢薇用肩膀撞了一下她。

孟楚没防备，整个人被这股突如其来的力量撞倒在地。

邢薇急忙扶起她：“我没用劲啊，你什么时候这么柔弱了，还是说你想碰瓷？”

孟楚哭笑不得，伸出手掌，不要脸地配合她：“五百万，少一个子儿都不行。”

邢薇笑。

两个女孩银铃般的笑声，隐没在迎面吹进卧室的风里。

夜晚，邢薇在和陈皮没皮没脸地开着麦胡扯，孟楚坐在不远处的沙发上“考古”。

她最近迷上了“考古”这样一项业余活动。

她将酥酥这么多年所有的广播剧，FT、歌会等音频都找出来，按顺序开始听，最近她“考古”的内容是歌会。

她发现他很喜欢唱老气一点的流行歌、不是很大众的古风歌和剧情歌。

“你最近接的剧我听了，和对手火花四溅啊，可算完成你当主角的心愿了。”邢薇一边嗑着瓜子，一边喊麦。

陈皮的声音总是那么滑溜溜的：“那可是导演现场pia的，能不溅吗？差点溅我自己一身火星子。”

“我发现你最近东北话越来越溜了哈。”邢薇调侃他。

“都是跟小楚待多了呗。”陈皮说，“不过哥喜欢这个腔调，贼有意思。”

“行了，你别贫了。”邢薇说，“我以前和兰博基尼约过音，他性子挺冷的，不怎么爱交流，但是干音质量还不错，能接受现场 pia 戏的事我还真没想到他干得出来。”

“可不是，那人就是一个木头人，还是冰的。”陈皮对这人其实抱着很大的好奇心，可这人的性子真够难拿捏的，他这个热情如火球的人都融化不了这座冰山。

“我等着你的第二期呢，进后期了没？”邢薇嗑了一颗瓜子，通过麦克风放大发出清脆的声音。

陈皮说："没呢，刚拿到剧本，我和导演商量能不能四期都是现场pia。"

"你该不是……"邢薇貌似看透他的心思，话说一半后，转了话头揶揄他，"这么想跟人家一起录音？"

陈皮笑笑，没再搭腔。

邢薇看破不说破，继续和他聊别的话题。

孟楚一直安静不说话。

带着热气的晚风掀起窗台的薄纱钻进客厅，空气里包裹着她微弱的呼吸声，风拂过她跳动的胸膛。

耳机里是酥酥唱的一首歌。

这是他两年前参加社团歌会时唱的一首剧情歌。

——老故事，已散场，遮不住，这月光。

应景一般，窗帘掀起的弧度刚好让月光洒在客厅原木色的地板上，清冷的白色月光与耳机里的声音互相应和，仿若一场音乐会。

一曲完毕后，是一个简单的小采访环节。

主持人在控场："据我所知酥酥是东北人，要不要用家乡话给我们展现一个你剧里面的片段，算是给粉丝一个福利呢？"

孟楚眼底闪现惊讶的神色——

他……他和她是同一个地方的人吗?

接着，酥酥用正宗的东北腔调配了一个角色的小片段。

孟楚像是发现一个秘密那样激动。她退出音频，在酥酥的微博里搜索关键词，她一条一条翻着，终于在看见一个地名之后愣住了。

她手指微微颤抖，唇微微启合。

人与人之间的好感不是无中生有的，原来一切早有定论。

他和她原来是被同一片区域教化，虽说老家是不同城市，却差之微毫，他生活在一个名字很美的城市……北国春城。

第三章

阿楚姑娘

/ 阿楚姑娘，时间的泪撕去我的伪装，
你可还记得我年少的模样？ /

1.

沈冬生最近工作不是特别顺心，他研究生毕业后一直在学院机构做批改论文的老师，平常没有授课的任务，主要撰写和批改其他学生的医学论文，每天的工作内容枯燥无聊，再加上一些工作中鸡毛蒜皮的小事，人就容易烦躁起来。

“我们教授真的是很过分。”沈冬生在和沈京通电话的时候忍不住抱怨起来。他一向是那种不太喜欢把烦心事说出口的人，但是沈京和他太过亲近，所以有时候他会透露自己的心事。

“怎么着了？瞧把我们家冬生气成这样了！”沈京啃着玉米棒子，说话含混不清。

“今天下班的时候，教授让我帮一个刚入职的实习生改论文，结果人家来一句‘啥也不会’，都是我在改。”沈冬生孩子气地抱怨着，可说出的话是不容置疑的事实，“什么叫帮助啊，‘帮’这个字意义又何在呢？”沈冬生咬着牙说，“‘帮’的意思不就是在别人的指导下进行的吗？如果都是我做了，那还叫帮吗？”

沈京哑口无言，只能静静听着他说。

“算了，我不想说了。”沈冬生说着说着就泄气了。

沈京不知道怎么劝，只能干巴巴地说：“冬生，早点睡，别想那么多了。”

“嗯。”沈冬生轻轻应着，然后挂掉了电话。

沈冬生洗漱后，时间尚早，今天他因为心情不佳，没有去健身房锻炼，打开电脑直接登上了直播软件。

这个软件是可以订阅的，订阅主播的人会在主播开播的第一时间收到提醒，今天并不是直播的日子，进了直播间的人齐刷刷地在公屏上刷问号。

“大家听得到声音吗？”沈冬生对着麦克风说。

公屏的粉丝都在刷“听得到”。

“上个星期不是有一天我去开会然后没播嘛，今天给补一下。”沈冬生声音有些疲惫，被麦克风放大。

“来，我们先看留言，回答一下问题好了。”沈冬生提了口气，让自己的声音听起来精神一点。

“首先是幸运的小可爱的留言。她说，今天发生一件很开心的事情，心情很好，希望酥酥不管是在‘二次元’还是在‘三次元’都能一直开开心心的，我会一直喜欢你的。”沈冬生读完留言说，“谢谢你小可爱，希望你也一直开心。”

“接下来是‘喜欢拆糖和奶糖’的留言。她说，今天在公司遭遇歧视，没想到21世纪了还会因为性别受到歧视，真的很不爽。”沈冬生的声音明显越来越暗淡，“其实我也不知道怎么解决受委屈这种事情，还是要想开一点。”他话语一顿，静默了几秒，随后爆了粗口，“毕竟这个世界上傻子那么多，何必和傻子过不去呢？”

孟楚闻言，瞳孔不动声色地微微扩张一下，她眼底的惊讶慢慢流露出来，她很少听到酥酥用这样的态度去评论一件事情，在她的认知里，他是可爱的，他也是沉稳的，唯独不是这样的。

他到底经历了什么，才会忍不住在公众场合说出这样不体面的话。

“大家不用管我，我没事的。”沈冬生垂下眼眸，显然也在为自己刚才的冲动而思考，他声音有一点低哑，“其实我今天工作也不是特别开心，就是，那种领导一个电话打过来强制让你去做一个东西，你做完了之后，却没有你的功劳，这种事情我想放到任何一个人身上都会有些委屈。”

公屏上的粉丝都在刷：酥酥别难过。

这是他第一次在一群并不与他相识的人面前，吐露自己心里隐藏的辛酸。虽然只是一点点，可是孟楚通过只言片语，恍惚之中看到一个完整的他。

她想要去触碰他，然后紧紧地抱着他，安慰他说“我会陪着你的”。

“大家不用为我操心的，我已经是个大人了，面对各种事情都要成熟。”他安慰粉丝，同时安慰自己。

“哎呀！”他突然换成了明媚的声线，“我换个声线读问题啊，不然你们肯定以为我要哭了。”他欢快地读了两个问题，用力过猛引发了咳嗽，然后换回了自己的声线，“不行，我还是换回来吧，那样读太累了。”

最后一条留言是一个粉丝让他好好保护嗓子。

酥酥自嘲道：“你看我这是保护嗓子吗？”他咳嗽了两声，“我都快说不出话来了，所以只能换人来。”

他故意开着玩笑，试图缓解沉重的气氛。

读完留言、回答完问题后，他今天破天荒地没有直接秒下，而是在一段抒情的背景音乐中轻声说道：“你们要温柔地对待自己，这样我可以安心一点，相比你们对我的好，我更希望你们对自己好一点，我每天可以听见你们变得更好的消息，对我来说就是最好的消息。”

他顿了一下，最后郑重地说：“谢谢大家，大家晚安。”

2.

追逐偶像，是为了成为更好的自己。

这是孟楚在翻微博的时候，看到粉丝为酥酥写的一句话。

孟楚突然想起几个月之前在微博上面看到的一场“粉圈”大战，两家偶像的粉丝因为一些鸡毛蒜皮的小事通过媒体平台这个滤镜被放大化，“粉圈文化”把整个娱乐圈的风气都变得乌烟瘴气，键盘侠乐此不疲地为自家的偶像献出力量，他们以为的争先恐后，其实不过是自我满足的一种假象。

偶像存在的定义，早已经变质。

但是这一刻，孟楚在酥酥的身上看到了重生的定义，他不是明星，不是顶级流量人物，他只是一个业余的广播剧配音爱好者，他努力做到不辜负每一部剧，努力让喜欢他的人因为他微薄的影响力而变得更好。

孟楚想，她找到更喜欢他的原因了。

“妈，你等我找个时间行不？最近公司好多事，年中盘点，我天天都在加班，哪有时间去相亲啊？”邢薇拎着刚从超市买的日用品，一手拿着电话，一手关门，对着电话那边的母亲大人耐心解释。

孟楚看着邢薇递过来的眼神，心领神会地接过东西，然后两人坐在客厅的白色茶几前面面相觑。电话被邢薇调成了免提模式，孟楚用口型问她，怎么了？

邢薇耸耸肩，默不作声地瞥了一眼放在茶几上的电话。

邢薇母上大人的声音通过扬声器传来：“小薇？小薇你听我说话没有？我跟你说这是你舅舅朋友家二姨的侄子，比你大两岁，我看过那小伙的照片，长得可标致了呢，还是事业编制单位的，和你也算是匹配，你赶紧给我找个时间去见一下，人家这次来S市出差就待三天，错过这个村就没有下个店了。”

邢薇翻了一个大白眼，孟楚通过这番话算是彻底明白了事情的来龙去脉，敢情这是老母亲着急逼女儿相亲的常见戏码啊。

其实这并不稀奇，南方人普遍早婚，毕了业的男生女生，除了工作这件头等大事以外，结婚肯定是排列第二的大事。

南方人有早婚观念，认为只有早点成家，日子才彻底安定下来。当初邢薇会从家里搬出来，很大一部分原因就是怕她老妈逼婚，没想到她怎么逃也逃不过老妈的五指山。

邢薇受不来老妈的念叨，只能转移话题：“妈，你这两天身体好点了没？我下个月回家看看你哈。”

“你个小浑蛋，又不是跨省跨市，回家看看我还要下个月？”邢薇母亲在那边咳嗽了两声。邢薇母亲身体不是很好，前两年还生过一场大病动过手术，也正因为这件事，家里面的事情都是顺着母亲的意思来的，别看邢薇在工作上雷厉风行，交朋友洒脱豪爽，一面对她妈立马变身软柿子一个。

“我跟你说，妈看过那男生的照片了，长得是真不错，你舅舅也说那男生性格好，就是话少点，正好你话多，两人可以互补，多好啊。”邢母是不打算放过邢薇了，孟楚看见后者正抚着额头作思考状。

就在孟楚快忍不下去准备闪人躲回房间里去的时候，邢薇终于思考完毕，出声制止她母亲大人的唠叨。邢薇咬着牙妥协：“妈，你别说了，我去见，我肯定去见，你也不用看着我，到时候你把地址时间发给我，我肯定准时到。”

“真的？”老母亲听见女儿妥协，快要流下感动的泪水。

“真的。”邢薇重重叹了口气。

得到确切的答案后，邢薇母亲秒挂电话，下一秒就把时间和地址发给了邢薇。

邢薇有种被坑了的感觉。

看这架势，她妈妈显然是已经和对方约好了，就差邢薇一句话答应赴约而已。

“你真的要去啊？”孟楚看了看手机屏幕，试探着问。

邢薇糟心地说：“不去行吗？我要是现在反悔，我妈能给我上演一出五十米大刀砍女儿的大戏，你信不信？”

孟楚想象力极为丰富地幻想了一下那场景，然后摇摇头说：“可是我怎么感觉怪怪的？”

邢薇无语地哼道：“可不是怪嘛，母亲和舅舅合伙卖我，不怪就出鬼了。”

孟楚不吭声了，她也不知道怎么安慰邢薇，毕竟这是家事，她一个外人，不好插话。

“行，老娘就去看看对方到底是个什么货色。”邢薇破罐子破摔，“我还就不信我不能让他知难而退。”

邢薇也曾被母亲逼着相过几次亲，无奈对方不喜她大大咧咧的性子，对方想找的是性格温婉，能够相夫教子的女性结婚，显然邢薇是事业型的女强人，并且性格很暴躁，所以他们也就见过一面没了后文。

礼拜天，邢薇赴约。

见面的地点是新天地的一家咖啡厅，不知道是老妈选的地方，还是对方选的地方，太过做作了，不就是相亲嘛，何必这么有仪式感？相约大排档，喝酒“撸”串不是更能体现性格？

宋柯年刚进店，就被坐在落地窗前面以喝酒的方式喝咖啡的女人吸引了目光，直觉告诉他，这就是他今天要见的人。

他从小生活在北方，见惯了性格大方的姑娘，没想到南方姑娘展现这样一面时竟然有说不出的吸引力。

邢薇没有特地打扮，身着一身普通的面料衬衫，下身是再简单不过的牛仔裤和白布鞋。也许是工作性质使然，她常年一副浓妆艳抹的精英派头，所以休假期间她只喜欢简单素雅的着装，这让她感觉异常舒服。

透过落地窗洒在室内的阳光为邢薇镀上一层微浅的金边，她的发丝都在阳光的照衬下变得透明发亮。

宋柯年在那一瞬间跌入了一个静止的空间，他可以听见自己的心跳声，像寺庙撞钟一样，清脆而缓慢。

呆滞了几秒后，他收回视线，然后迈步朝邢薇走过去。

邢薇感觉到有人靠近，看向窗外的视线收回来，回头对上了一双漆黑的眼睛。

那人用清澈的声音对她说：“你好，我是宋柯年。”

3.

“喂喂喂，大家听得见声音吗？”陈皮在调试自己的麦。

公屏上的粉丝在刷“听得见”。

今天举办社团的年中歌会，邢薇、陈皮以及沈帝都是同一个社团的，为了打响这次歌会的名声，在放出消息的时候，邢薇特地注明了会有两位重量级嘉宾到场，至于是谁，只有沈京和邢薇知道。

陈皮是这次歌会的主持人，所以他先登入 YY 频道，调试声音，布置流程。

歌会开始前，人还没有来全，邢薇和陈皮在 YY 频道里有一句没一句地瞎聊。

“嘉宾是谁啊，我都不知道。”陈皮问。

“我就知道一个，社长‘三次元’太忙了，歌会的事都是沈京在弄，嘉宾也是他约的。”邢薇只知道今晚酥酥会来，正是因为这个，孟楚才会来凑热闹。

孟楚看着电脑，静静地等待。

作为压轴环节，嘉宾要最后才出场，陈皮照着事先准备好的台本控场，歌会接近尾声之时，终于到了万众瞩目的特约嘉宾表演环节。

一个不太熟悉的名字被拉上了麦，孟楚看了看，然后向邢薇投去疑问的目光。

“我的天哪，我还真是小看沈京那个浑蛋了。”邢薇临时闭了麦，她怕自己爆粗口会毁了她在粉丝心里女神策划的形象，“这不是蔚蓝男神吗？”

“蔚蓝”这个名字对孟楚来说只是略微熟悉。

邢薇是个“声控”，她刚进网配圈的时候，就很喜欢蔚蓝录的广播剧，换而言之，她会做网配，有一部分是因为蔚蓝。

“可是我进圈的时候，他都是半隐退的状态了。”邢薇兴奋道，“那时候我手里有部剧准备约他的，但当时他不对外接新，于是我放弃了。”

蔚蓝是圈里公认的男神，很多知名 CV 也是他的粉丝。

这种应该算是神坛级人物了吧。孟楚想。

就在大家都在为了男神出现欢呼激动的时候，孟楚直愣愣地盯着 YY 麦序。

他为什么还没来?

是工作太忙耽误了吗?

这几天他的微博总是在凌晨两三点钟还处于活跃的状态，每天都在晒自己工作的电脑。

一个人在夜里加班的滋味并不好受，这一点孟楚深有体会，她也是在夜深人静的时候写故事，虽说文思如泉涌，可码字过后全是孤寂和凉薄。

公屏上全部是文字在号叫，有时其实不需要言语，文字一样可以表露自己的心情。

蔚蓝开口：“好久不见啊。”

真的是好久不见了，除了偶尔几期剧更新，蔚蓝基本不参加公开场合的活动。

“蓝哥多说几句话嘛。”陈皮笑着说。

蔚蓝话少，之前参加歌会也不经常说话，只是聊到感兴趣的话题会插几句嘴，或者主持人点名让他走环节的时候，他才会开口配合。

“大家好，我是蔚蓝。”

他说了一句后，又销声匿迹。

邢薇看着屏幕流露出“姨母笑”，孟楚不忍直视，啧啧摇头。

“我们下面邀请一位幸运观众和男神连麦好不？”陈皮拿着台本开始走流程。

公屏本来消停了，因为陈皮这句话再度沸腾。

连麦中，不知何故发出了几道“刺刺”的电流声。

几秒之后，一个明显伪装过的男声响起：“你好，蓝哥。知道我是谁吗？”

孟楚福至心灵，猜出来人的身份。

难怪他这么久都没有出现，原来是要整蛊蔚蓝啊。

“哎？”陈皮没听出酥酥的声音，“还是一位男粉？”

蔚蓝也很蒙，处于云里雾里的状态。

“男神，你有男粉哎。”陈皮笑着说。

蔚蓝思考了一会儿，然后郑重地道：“我好像记得我是有几个男粉的，让我想想啊。”

邢薇“扑哧”一声乐了。

孟楚认真听着酥酥的每一句话，他语气中一丝一毫的变化都不想错过。

喜欢一个人就是这样的吧，不管那人是以何种姿态，只是不想错过他的一分一秒，如果可能，真想与之永远执手相拥。

“是……是小浣熊吗？”蔚蓝认真思考过后的结果竟然是一只熊。

“不是。”酥酥换了一种软萌的声线撒娇，“蓝哥，我也是你粉丝啊，你怎么不记得我呢？”

蔚蓝支支吾吾，这个环节着实是有点难为他了，他本来就不太喜欢说话，如今还来了一个不知名的男粉调戏他。

男神可能快崩溃了。

公屏上有粉丝猜出了酥酥的声音，刷出“酥酥”两个字，也有个别酥酥的粉丝在刷“糖姐和拆哥”。

有人甚至刷了一条长弹幕：“五百颗糖竟然来调戏蔚蓝男神了。”

酥酥声线百变，难以捉摸，如果不是听剧多年的老粉，还真猜不出他的声音，所以盛传酥酥可以分裂成五百个人，具有“五百颗糖”的称赞。

“酥酥吗？”蔚蓝确定了一秒，又怀疑，“应该不是吧？”

陈皮也不确定地问：“糖……糖姐吗？”

是他。孟楚在心中无比确定，这个答案就像炙热的烙铁，在她心里留下一个不灭的印记。

蔚蓝再次不确定地说：“我真的猜不出来了。”说完他轻笑了两声，再次疑问，“是不是微博超话里面那个男粉？”

酥酥故意用软萌的语气怒道：“不是……就是……就是公屏上刷的那个。”

蔚蓝终于恍然大悟：“是酥酥啊。”

酥酥说：“对呀，我是来替广大蓝哥的粉丝来请个愿望的。”

“什么愿望？”蔚蓝问。

“就是，蓝哥能不能唱首歌给大家听？”

“可是我不会唱歌。”

“你随便唱两句就行。”

坐在电脑面前的邢薇和孟楚全神贯注地看戏，陈皮和沈京的笑声在频道里面异常清晰。

“那我就随便唱两句了。”蔚蓝无奈妥协。

邢薇笑道：“这真的是难为他了，他以前连自己主役的广播剧主题曲都不唱的。”

过了一会儿，频道里面传来几句清唱的男声，虽然有些跑调，好在声音磁性低迷，掩盖了这一缺点。

蔚蓝清唱几句后，陈皮本来还不想放过他的，是邢薇出言制止，他才算逃过一劫。

陈皮见状，把注意力往酥酥这边引。但是，酥酥不是那种反应迟钝的人，他和陈皮过招也就半斤八两，不分上下。

话题最后成功引到最近正在更新的广播剧上。

公屏上都在问第四期什么时候能出来，邢薇在此统一回答：“第四期的干音已经收齐了，进入了后期，大家可以期待一下，这次是我拉着酥酥和几个主役现场pia的，所以质量完全是有保证的，我作为这部剧的策划和导演，大家是不是应该给我点掌声？”邢薇一旦皮起来，真的就没有陈皮什么事了。

粉丝在公屏上刷：“女神好棒。”

后面好多人附和：“蔷薇女神最棒了。”后面配几行鼓掌的小表情。

“好了，今天的歌会到这里就结束了。”陈皮咳嗽了两声，试图抢回他主持人的戏，“那接下来就是茶话会谈的时间了。”

茶话会谈，其实就是闲聊，粉丝们爱听，所以一般情况下不会离开频道。

4.

“小楚呢？”陈皮一句话吸引了频道里所有人的注意。

大家都在问“小楚是谁”。

坐在电脑前的孟楚因为突如其来的点名，一下子愣住了。

她……她要怎么办？

是装傻当作没听见，还是出现，让所有人都认识自己？

就在她思想斗争的时候，邢薇替她回答了。

“她就在我旁边呢。”邢薇扭过头，笑着看孟楚。

孟楚瞪她，嘴唇启启合合，一点声音也没发出来。

没有放背景音乐的频道就像一条空旷的隧道，声音被麦克风放大后携带着悠长的回响。

“小楚是编剧吗？”酥酥的声音穿透电流，在扬声器里张扬。

“你怎么知道的？”陈皮惊讶道。

酥酥解释：“蔷薇发我的本里有署名。”

孟楚恍然大悟，眼睛发着光，突然想到自己的习惯——在文章名下写上自己的笔名。

她的笔名就是阿楚。

酥酥洞察力这么强的人，当然注意到这一点了。

她“考古”他的音频资料，发现他玩烧脑游戏很厉害，是一个逻辑感很强的人，虽然有时很感性。

“她今天在啊。”酥酥说。

邢薇用肩膀撞了一下孟楚的肩膀。

孟楚不自在地舔了一下嘴唇，紧张到手掌微微浮现薄汗，心脏跳动比以往每一次都剧烈，她以为自己快要心脏爆裂而亡。

“小楚，快出来，别给我装死。”陈皮说。

这时离麦许久的沈京回来了，听见陈皮的咋呼声，不满地说：“虾姐你瞎咋呼什么呢？”

陈皮挑挑眉，毫不示弱地回击：“哟，哒姐，你解决完你的生理问题了？”

沈京不想跟这个浑蛋扯下去，一句“老子爱咋地咋地”躲过了这个话题。

“我……我在呢。”孟楚声音里细微的颤抖一清二楚。

“你紧张个啥？”陈皮故意扯着东北腔，打趣羞涩的孟楚，“你是不是相中在场的哪位了？没见过你这样啊！”

邢薇凌厉地说：“你有完没完？”

陈皮适可而止，无奈道：“小薇薇你老是这样，看以后谁敢娶你！”

邢薇翻个白眼：“用不着你操心，哪儿凉快哪儿待着去。”

陈皮笑嘻嘻：“我现在就挺凉快，我新买的空调制冷无敌。”

大家笑着打闹着，只有孟楚惴惴不安地等待酥酥的下一句话。

“这次的本子写得特别好，如果下一次还有剧，可以随时约我。”酥酥的声音脱去那层偶尔耍宝卖萌的伪装后，郑重又稳重，是成熟男人特有的味道。

这句话不知道是对谁说的，一语双关，难以解读。

“其实，我也是第一次接这类题材的剧本，我以前只写过全一期言情的本子。”孟楚声音依旧不稳，喘息声很大，喷洒在麦克风上，“而且……而且你配得很好听。”

酥酥绅士道：“谢谢你喜欢。”

孟楚的嘴角不自觉翘起，他温柔的声音如同高山流水，带着沁人心扉的甘甜滋润了她心田干裂的土地。

蔚蓝说自己晚上还要加一会儿班，如果没什么事情就先下了。

下麦之前，邢薇喊住了他。

“怎么了？”蔚蓝问。

邢薇突然扭捏起来：“那个……其实我手里现在有个新的策划，还没有约 CV，你有没有兴趣啊？”她一直想和自己喜欢的人合作一次。

蔚蓝现在处于半隐退状态，没有接新剧，只有几部没有完结的广播剧还在陆陆续续更新。

邢薇其实没有把握，只能紧张地等待蔚蓝回应。

“你加我 QQ 吧，把本子发给我。”蔚蓝说，“至于干音我不能保证很快就交，因为最近工作还是挺忙的。”

邢薇飞快地转动脑子。

这是什么意思？

答应录音了吗？

“好好好。”邢薇点头，“我一会儿加你。”

蔚蓝下麦，退出了频道。

邢薇的兴奋劲还没过，抓着孟楚的肩膀就摇，孟楚感觉自己要被摇晃得吐了。

“姐、姐，你放过我吧。”孟楚艰难道，“我的小命不够你折腾的。”

“男神接受我的邀剧了！”邢薇不厌其烦地碎碎念。

“瞧你那点出息。”沈京适时插了一嘴。

要说能让邢薇收敛点的还真的只有沈京。

“别废话，赶紧把男神 QQ 给我。”邢薇停下动作，笑着说道。

“一会儿私信给你。”沈京说。

凌晨。

频道在线人数越来越少，依旧有铁粉要跟随到最后一秒钟。

酥酥突然说：“姑娘们都去睡觉把，我这录着呢，到时候会把音频放出来，你们回听就行了。”他声音也带着浓浓的倦意，偶尔还会打一个哈欠。

本来打着瞌睡的孟楚因他这句话彻底惊醒。

一句无足轻重的话，却在初夏的夜里沁人心脾。

这个男人，总是在不经意间暖心。

她好像越来越喜欢她，不仅仅因为声音。

最后，这场茶话会被陈皮控场结束，他说：“时间的确不早了，大家都该睡了，不如最后让酥酥给大家唱首歌吧。”

沈京附和：“蓝哥都唱了，不能放过你。”

手机提示音阵阵作响。

孟楚说了一句“不好意思”，拿起电话，点开微信。

是方琳和陈莉发来的语音。

这两个人是孟楚高中交到的好朋友，现在各安天涯，好在情谊不灭。

方琳说：“小楚，生日快乐！”

陈莉说：“你今年又老一岁了，早点搞对象哦，你个老姑娘。”

麦克风没关，孟楚脸红透了，脸颊火热。

“小楚生日快乐。”陈皮跟着咋呼，还清唱了两句不正宗英文版的生日快乐歌。

“你有完没完，难听死了。”孟楚笑骂。

邢薇也搂着她的肩膀感叹：“妹子，生日快乐啊，姐明天给你订个超大蛋糕。”

不知不觉间，她已经二十二岁了，细数过往，她的每一个生日，其实都是孤独日。

5.

“明天给小楚庆生吧，我正好明天晚上的飞机回去。”陈皮说。

“行，正好我明天也不加班。”邢薇赞同。

孟楚惊讶：“你明天不是还有约吗？”

邢薇和宋柯年约了吃饭增进感情。宋柯年是借着出差的机会来S市的，后天就要离开了，所以家里人恨不得两人全天黏在一起。

“没事，我和他说一声。”邢薇对宋柯年的印象还不错，所以没有反对家里强制性安排的饭局，但是因为孟楚，她不得不放他鸽子了。

“你们在同一个城市，可真好啊，没事还能一起过个生日。”沈京悠悠感叹道。

邢薇说：“那你搬迁啊，你来我这儿，姐包吃包住。”

沈京拒绝：“算了吧，我可不喜欢南方又潮又湿的空气，夏天死热，冬天死冷。小爷在A市待得挺好的，而且我离糖姐还近，没事能面个基。”

孟楚脑子里一闪而过“春城”两个字。

她在想，她的老家离他也很近呢。

邢薇赞同：“我们南方人就应该起义啊。凭什么南方不供暖，都要冻成‘汪’了。”她说着，还应景地抽两下鼻子。

“回正题、回正题。”陈皮拍着手，想要拉回越来越偏的话题，“你们还要不要睡觉了？”

“啊，好吧。”大家应道。

陈皮对着麦克风一本正经地说：“小伙们、姑娘们，接下来请欣赏著名CV五百颗糖带来的‘合唱’。”

大家应声而笑。

孟楚猜测他会唱什么歌，据她了解，他偏爱古风歌。

是《倩影流年》还是《落霞云归》？

“我今天唱首民谣吧。”酥酥换成了磁性低沉的声线，在夜里有种低迷缱绻的感觉，“正好为小楚编剧庆个生，这首歌叫《阿楚姑娘》。”

突然被点名的孟楚，心跳结结实实地漏掉了一拍。

前奏起，旋律悠长安静，可以联想到一位长相清秀的姑娘在山野间奔跑，风在她身边吹过，带动了她的发丝，野花将她簇拥。

在距离城市很远的地方
在我那沃野炊烟的故乡
有一个叫烽火台的村庄
我曾和一个叫阿楚的姑娘

酥酥一开口，惊艳了在场的所有人。孟楚了解的他其实并不是一个很会唱歌的人，他要通过不断练习才会唱得好，所以这首歌他一定练唱了很多遍。

这不是他第一次唱这首歌，孟楚依稀记得，之前有个女粉丝在生日那天点了这首歌，当时他唱得还没有现在熟练。

彼此相依看月亮

嗅着那淡淡桂花淡淡的花香

那夜的月光仍在天空发亮

今夜它却格外地让人心伤

磁性低沉的声线伴随着音乐声徜徉，今夜的月光如歌词描写的那般明亮忧伤。

阿楚姑娘

乡村的风弥漫着你的香

风吻过的口红欲盖弥彰

阿楚姑娘

时间的泪撕去我伪装

你可记得我年少的模样

今夜你会不会在远方

燃篝火为我守望

歌词到深处，两个人的感情欲盖弥彰。

孟楚不是很确定，但是她又能感受到这歌里面的苦楚和惆怅，酥酥歌唱时就如同在寻找一个突破口宣泄情感。

那情感脆弱又敏感，无助又苦涩。

一曲毕，大家如鸟兽散。

邢薇关掉电脑，孟楚还在回味那悠长的歌声。

她想，这应该是她有生之年，最难忘的一次生日。

因为某个人的馈赠，她竟然不再觉得孤独。

第四章

破碎故事之心

/ 爱是清晨六点的吻，爱是想触碰却收回的手。/

1.

沈冬生刚从健身房运动完，徒步回家，因为最近在控制体重，所以只中午吃一些主食，其他两顿一般是沙拉，有时候晚饭不吃，只喝一点红茶，吃几颗坚果。

沈京没少“吐槽”他，都是北方糙汉子，为何差距就这么大呢?

今天不用直播。

沈冬生打开电脑，登上 QQ，消息接踵而至。

最近一条消息是邢薇的。

她问：“糖姐有时间吗？”

沈冬生在键盘上敲敲打打：“有，怎么了？”

邢薇一看有戏，大胆地说：“我上回不是约蔚蓝男神录一个剧嘛，但是我暂时找不到能和他搭的CV，这个剧是个小众题材，你有没有兴趣？”

沈冬生挑剧只有两个标准：一是故事好，二是亲热戏少。

录千篇一律的故事没有挑战性也没有新鲜感，并且他生活中其实是一个很保守内敛的人，不善言辞，容易害羞，如果有很多亲热戏，他会不好意思。

“我和蓝哥演对手戏？”沈冬生问，“你先把本子发我一下吧。”

邢薇难为情道：“我还没有约写剧本的编剧，不如我先告诉你是哪个故事，你先看一下原著？”

没找到编剧？

沈冬生问：“上回那个编剧呢？”

邢薇回：“那是我朋友救急的，原定的编剧突然有事请辞了，为了避免开天窗，我临时找她帮的忙。”

沈冬生若有所思。

“你不约一下她吗？”沈冬生问。那个叫阿楚的姑娘，写出来的东西特别合他心意。

“我晚上问问她最近忙不忙，我和她住在一起。”邢薇说。

沈冬生有一瞬间的冲动，想知道那个编剧的名字，也想知道她是做什么的。不过冲动归冲动，他是一个比较理智的人，在网配圈混了这么多年，不窥探别人“三次元”的生活是最基本的守则。

“嗯，我找时间看一看原著。”沈冬生回道。

“好的。”

沈冬生有点感兴趣的样子，邢薇想这事儿应该能成，不怕他反悔，实在不行，还有沈京这朵“交际花”呢。

关掉对话框，沈冬生又喝了一杯红茶，准备睡觉。

春市的气温还没有完全升上来，五月的春，还透着清爽的凉意。窗户开了一条缝，凉风吹散在卧室里，沈冬生闭着的眼睛轻微颤了颤，貌似在做梦，又像在回忆。

他前二十年没怎么熬过夜，熬夜最频繁的是准备考研的那段时间，每天废寝忘食地背书，也就是那段时间，他推掉了好几部主役的剧。

他从小到大都是一个特别单纯的人，没有太多的想法，因为读研，入世也晚，不太适应复杂的世道。

他生活平凡，一路走来还是有些跌跌撞撞，摔过跟头，也凭借自己的力量爬起来。

他进网配圈将近十年，很多粉丝害怕他结婚后会淡出圈子，但只有他自己清楚他没办法放弃这件事情，配音不是他的事业，而是他一生追求的爱好。

因为配音，他觉得自己可以更好。

胡思乱想之际，沈冬生彻底进入了梦里。

他梦见自己在唱《阿楚姑娘》。

2.

与酥酥约定好的直播，对于孟楚来说就如同等待爱人的约会。

这种感觉，她第一次遇到。

读书的时候她不是没喜欢过年纪相仿、人缘不错的男孩子，但是那种喜欢的感觉像昙花一现，甚至来不及好好品味就消失了。

而酥酥带给她的感觉像四季挺立的绿竹，没有任何原因可以让竹子低头，除非有人砍断它。

倒计时结束，酥酥没有按时进入直播的房间。

孟楚一边码字，一边等待。

文档开的是护眼模式，绿色的荧光映在她脸上，似鬼魅。

有麦克风传来的细微动静。

他来了。

这就像是一个暗号，孟楚早就烂熟于心。

“大家晚上好啊。”酥酥的声音比往常雀跃一些。

孟楚面向电脑，敲打键盘的手在声音出现的那一刻便停下来了。

“今天我吃饱了呢。”他故意用软萌音说道，“今天我爸爸来给我做饭吃了，不用自己做东西吃了，好幸福啊。”

孟楚不禁想到，原来他和她一样一个人生活，父母没有常在身边。

她又想，这么容易就满足了吗？还真是一个单纯的人。

“今天我们接着读故事行吗？”他询问大家。

这段时间的直播，除了问答环节之外，他每次都会读一个短篇故事。孟楚感觉他很喜欢严肃文学，而且情感细腻，上一次他读冯骥才创作的《高个女人和她的矮丈夫》，最后几乎哽咽。

故事里讲述了一个高个女人和一个矮个男人的平凡爱情。两人结婚后受到了众多邻居非议，他们纷纷猜测高个女人嫁给矮个男人是有猫腻的。

闲言碎语越来越多，有人说高个女人生不出孩子，有人说高个女人是为了钱才嫁给矮个男人。可是两人不受非议影响，过着最平凡幸福的日子，下雨时两人撑一把打伞，画面美好。

后来矮个男人含冤被捕，高个女人一个人带着孩子苦苦等着丈夫回来。

最后，矮个男人洗清冤屈，可是高个女人身患不治之症，被死神带离人间。即使有人介绍新的对象，矮个男人也不愿意再娶。

之后每一个雨天，矮个男人的伞下都有一个空空的位置，再也填不满了。

孟楚是第一次听这个故事。对于常年写轰轰烈烈的爱情故事的她来说，这种平凡的爱情其实很难引起共鸣，可就是在那样寂静的晚上，酥酥用感情充沛细腻的声音来读这个故事，她一瞬间被感染了。

真正的爱情，可以不受世俗眼光影响，不受任何言语绑架，只是认准一个人，直到走到生命消亡的那一天。

“那你呢，你理解的爱情是什么样的？”孟楚情不自禁地张口问，即使她知道，他根本无法听见自己的声音。

“我们今天读个短点的吧。”酥酥轻轻说着，麦克风里传来轻微纸张翻页的声音。

“嗯，就这个吧。”寂静了好一会儿，酥酥突然说，“也是冯骥才的一篇短篇小说，叫《猫婆》。我开始读啦。”他咳嗽了两声，松了松嗓子，然后转换了沉稳磁性的声线，开始读，“我那小阁楼的后墙外，居高临下是条又长又深的胡同，我称它为‘猫胡同’……”

“尼尼怎么没来？”陈皮好奇道，对着麦克风发泄着不满。

“尼尼”是陈皮自己非常不要脸擅自取的对秦琮的爱称，因为秦琮的 CV 名字叫“兰博基尼”。

当时陈皮立刻就想给自己改名为“宝马”，被邢薇制止住了。陈皮一直就是这样听风就是雨的性子，他怎么着也是 S 市某中型食品企业的部门领导，好歹算是见过大场面的人，谁能想到内核其实是一个小屁孩。

“他今天好像工作上有点事，昨天和我请假了。”策划说。

陈皮更不满了，小声念叨：“那他怎么没和我说？”

自打合作录剧以来，陈皮每天都会不厌其烦地和秦琮聊上一会儿，秦琮这人特别慢热，交个朋友很费劲，任陈皮找什么话题，聊天都不能超过三句话。

“你老是追着小尼干什么？”策划笑问。

陈皮装大尾巴狼说：“他是主役啊，我的搭档，他不来，这戏怎么 pia 啊？”

“你跟我 pia 就行了，我当你的对手，回头我再和小尼单独 pia 一次，这样不就行了？”策划有理有据地说。

“不行……不行，我和尼尼对习惯了，我和别人没默契。”陈皮摇着头拒绝。

策划觉得有猫腻，问：“虾姐，你有点奇怪哦？”

“有什么奇怪的？我不就是没对手才发挥不出来的嘛。”陈皮在别人看不见的区域里惯性挥手，“我不跟你们贫，下次人来全了再找我。”

策划无奈，只能应允：“好吧，那就下次再约一下吧。”

陈皮下了麦，没有去准备领导要的货物清单，而是登上了 QQ。他盯着秦琮的头像，鼠标的图标在头像上徘徊再徘徊，最终他一咬牙，还是双击点了进去。

“你在干什么呢？”陈皮打了一排字发过去。

过了五分钟，秦琮才回复他：“在学校。”

两人聊了这么长时间，对对方的基本情况大致已经了解，陈皮知道肯定是学校的学生又开始磨人了。

真是一群熊孩子！

陈皮磨着牙，不知道再说点什么。

这时，秦琮主动询问：“你录完剧了？”

秦琮也是临时加班，领导交给他一个代课的任务，他要准备明天上课的教案。

陈皮回复：“今天没录。”

秦琮低着头，看着陈皮发来的消息，英挺的眉宇之间微微起伏。

他正犹豫着要回复什么，陈皮的消息再一次发了过来，手机轻微的振动带动了手指的颤抖。

秦琮看着陈皮的回复，瞳孔微微缩紧。

陈皮无赖道：“你不在，突然就没什么感觉了，我需要对手。”

这话倒是不假，陈皮戏感不好，需要对手帮助摸索感觉，不然对着白纸黑字的剧本，只能发蒙。

秦琮没回他。

陈皮又发消息：“你怎么又不说话了？”

“没什么。”他回。

陈皮在屏幕这边好笑：“跟你说话怎么就这么费劲呢？听你录干音的时候完全感觉不出来你是个这样的人。”

秦琮皱眉问：“我是一个怎么样的人？”

他有时候自己都不知道自己到底是个什么样的人，可能生活里太孤独了吧，他只能在那些虚拟的人物身上找到一些存在感。

陈皮躺在床上，抱着手机，一会儿按亮屏幕，一会儿按灭屏幕，就这样反反复复，秦琮问的那句话还在对话框里。

屋里光线很暗。

陈皮失神了好一会儿。

飘窗外的天空，黑色的夜幕被城市的灯光映衬得发蓝。

陈皮敲下一行字：“你应该是一个很好的人。”

只有很好的人，才会把自己藏起来，害怕受伤。

3.

孟楚坐在图书馆，QQ 上有一个新朋友的好友申请，头像是某个动漫人物。

她向来没有加陌生人的习惯，于是操作鼠标按了拒绝按钮。

她打开文档，继续打字。

QQ 又开始闪动，“吱吱”的声音穿透了耳机里的轻音乐。

孟楚最小化文档，然后点开申请消息列表。

还是刚才那个动漫人物头像，她刚想点拒绝，便看见申请消息那一栏里填着认证消息——“酥酥”两个字。

她愣了两秒，心跳加快，缓过神后，点了同意按钮。

“你应该是第一个拒绝我的人。”刚确认申请，酥酥便发来消息。

孟楚心跳突突加快，平常飞速打字如机械一般的手指，此时像生了锈的废铁，只能在键盘上腾空，不敢动，但是仔细观察，其实可以发现手轻微地颤抖。

过了许久，酥酥再次发来消息。

“不在吗？”

孟楚眨了眨眼睛，紧张地回复道：“我在呢。”

图书馆自习室里很安静，落针可闻，室内基本都是准备考研的大学生，他们在安静地背书做题，没人会发现坐在窗户边的女生，内心正波涛汹涌。

她打出一个“你”字后便停下了动作，她其实想问的是“你怎么知道我的 QQ 号”，可是不知怎么回事，她问不出口。

她一直不太敢想，有一天能够和他说话，甚至像现在一样，即使隔着屏幕，她也能确定，对面同样对着电脑打字的是她朝思暮想的人。

“我向蔷薇要了你的 QQ 号，她说你们生活在一起。”在“二次元”的世界里，大家都不太喜欢交流自己的真实信息，所以即使有过合作，沈冬生一直也不知道邢薇的真实名字。

消息不断地发过来，孟楚一直看着。

“她说她手里有个剧，前几天约了我，她后来说剧本你在写，我想避免麻烦蔷薇，你下回写完之后可以直接把本子发给我。”酥酥说。

孟楚突然想起来，前几天邢薇说手里又开始策划一部新剧了，现在处于准备阶段，问她有没有时间再帮忙改编个本子。当时她说最近写的小说要收尾，可能来不及，但是邢薇说这部剧不着急，所以让她再考虑一下。

原来这个剧酥酥依旧是主役。

“你在做什么？”酥酥突然偏离话题。

孟楚咬了一下嘴唇，目光在四周扫了扫，然后回到电脑屏幕上，手指在键盘上敲打：“在图书馆。”

“你是学生？”沈冬生自知自己问得有些多，可是他没控制住自己。

“不是。”孟楚回复道，又问，“你呢？”

聊天的话题突然变成了鸡毛蒜皮的小事，这过于平常的话题竟然让两个素未谋面的人在一瞬间拉近了距离。

孟楚明白，酥酥这种有自我保护意识的人，是不会回复她的问题的，所以她并没有抱多大的期望，只是随口问了一句。

就像朋友一样。

他们之间可以称为朋友吗?

她想，也许是可以的，最起码可以一直做“二次元”的朋友，只要她的贪念不被人发现。

“在写论文。”良久之后，酥酥发来消息，他还特意强调了一下，“是工作论文。”

孟楚看着那几个字，心里本来就塌陷的城楼，被他的信任彻底击溃，成为一方尘土。

他愿意相信她，就是最大的幸运。

“不说了，晚上要把论文交给教授，有空再聊。”酥酥紧跟着说道。

孟楚回复他一个再见的表情，两人结束了第一次聊天。

下午两点的阳光穿透窗玻璃落在她电脑的一角，她迟迟没有缓过神，刚才的一切像是一场梦。

孟楚难以置信，用鼠标去点击那个陌生的动漫头像，聊天记录里一行行的字提醒着她，这不是梦。

她终于，和他有了交集。

“你策划的下一个剧是什么题材的？”晚饭时，孟楚无意间提起这件事情。

邢薇一边看着手机，一边夹糖醋排骨。

自打两人生活在一起后，邢薇一个无辣不欢的南方姑娘彻底变成了无酸甜不下饭的北方人士。

“是警匪题材。”邢薇漫不经心地回答，然后放下筷子，在键盘上敲敲打打，嘴角还有一丝若有似无的笑意，“还有一个古风题材。”

这种状态的女人，明显就是恋爱了啊。

“怎么了？”邢薇拿起筷子，又夹起一块糖醋排骨，然后笑眯眯地打量坐在对面的孟楚，“你是不是想帮我写剧本了？”

孟楚抿着唇，进行思想斗争。

得知这个剧的主役是酥酥后，她本来拒绝的心开始松动，她想接下这个改编的任务，同时非常犹豫。

犹豫的原因有二，一是她现在写的故事处于收尾阶段，收尾是很重要的一步，所以她不能懈怠，如果这时接下剧本改编任务的话，必然会分心；二是这个剧本讲述的是一个纯爱警匪题材的故事，她一个写言情小说的，估计驾驭不来。

可是……主役是酥酥啊。

她真的要放弃吗?

邢薇的手机响了两声，微信消息提示来自宋柯年。

她擦了擦手，拿起手机开始打字。

“你真的和这人谈恋爱了？”孟楚试探性地问了一句。

邢薇笑说：“我觉得这人虽然话少了点，但是很好相处的，最主要的是……”

她的话一顿，惹得孟楚抬头去看她。

邢薇郑重道：“最主要的是他帅啊。”

孟楚嘴角不合时宜地抽动了两下。

“反正我是逃不过我妈给我相亲的命运了，既然逃不掉，干脆选择接受。”邢薇垂着眼眸，蝴蝶羽翼般的睫毛扇动，“宋柯年这个男人，人还算不错，再者，谁也不能保证下一个相亲对象会更适合我。所以，这次我愿意和他好好试试。”

明月高悬在空，落了一地清辉。

孟楚失眠了。

翻来覆去了一会儿，她干脆坐起来码字。

时隔两个月，负责她的编辑敲她的 QQ。

“你手里的故事是不是快完结了？”编辑问。

孟楚回：“还差三万字左右。”

“下个月能交给我吗？”编辑问。

孟楚看着那行字，迟疑了几秒，连她都不知道自己在想什么。

最后，她敷衍一般回了一句“不知道”。

编辑没有“夺命连环”催，只是让她抓紧时间。

她只回复了一个“好”字，心里却五味陈杂。

4.

沈冬生刚从健身房出来，就接到了沈京的电话。

“冬生，我明天下午的飞机到春市。”

沈冬生轻声应道：“嗯。”

“怎么声音听起来这么虚弱啊？”沈京好奇道。

“刚从健身房出来。”沈冬生的声音里有运动后的嘶哑，低沉的声音仿佛在耳语。

“不行啦，你别对我这么说话，我受不了。”沈京故意捏着嗓子逗他。

“你给我滚。”沈冬生笑着骂他。

沈京的笑声穿透声筒传来。

已是夏天，傍晚的风带着湿濡的潮气，抚在皮肤上有些黏糊糊的触感，夕阳的残光映透了半边天，火烧云像一幅浓墨重彩的油画。

“你准备去干什么？”沈京提起一些家常的话题。

“晚上有直播。”橘黄色的光在沈冬生的脸上忽明忽暗。

“吃饭了吗？”沈京又问。

“不吃了，一会儿喝点红茶就好了。”沈冬生松了松嗓子，“家里还有些坚果。”

沈京忍不住训斥他：“你说你一个大老爷们吃个东西跟小姑娘似的，也不怕被人说。”

沈冬生淡笑：“我是健康减肥，谁规定男人不能控制体重了？难道像你一样喝出啤酒肚好看啊？”

沈冬生学医出身，所以注重健康。

沈京撇嘴：“就你懂得多，我才不跟学医的讨论这个话题。”他自知说不过沈冬生，所以给自己找个台阶下。

然后，他开始喋喋不休地说最近发生的事情。

沈冬生一边走，一边听他说话。

沈京的声音清楚明亮，听他说话，沈冬生感觉街道上车水马龙的喧闹声都消失了。

“我明天的飞机，别忘了来接我哈。”沈京说了一堆废话之后，终于说了一句正经话。

“知道啦。”沈冬生应着。

挂了电话后，他抬头，余晖已完全不见踪影，四周只剩微弱的灯光。

他刷卡进了小区，又刷卡进了电梯。

电梯里有一对母女，小女孩手里捧着一盒关东煮，木鱼花高汤的香味在狭小的空间里肆意蔓延，他空荡荡的肚子不合时宜地叫了起来。

到家后，他烧了一壶热水，冲了一壶红茶，然后在储物柜里拿出食盒，拣了几颗坚果果腹。

健身房教练建议他不要摄入太多碳水化合物，所以他最近常吃的就是沙拉和坚果。

吃完坚果后，他坐在书桌前，打开电脑。

孟楚正在准备明天的早餐三明治，全麦面包片加上火腿、煎蛋、沙拉酱、生菜，她做了两份。

把邢薇的那份三明治装在便当盒里储存在冰箱里后，孟楚给加班的邢薇发了一条微信，提醒她三明治放在了冰箱冷藏室第二层。

两分钟后，邢薇发来微信，是一个飞吻的表情包，然后配上一句：“没有你，我可怎么办？”

孟楚无情地回复：“没有我，你一样活。”

邢薇发给她一个大白眼。

孟楚笑了笑，这表情的潜台词无非就是埋怨她不解风情。

也许真是混迹“二次元”时间长了的缘故，再不善与人交谈的人，在亲近的人面前，都会插科打诨说两句玩笑话。

生活已经够苦了，我们要学会自我安慰。

微博特别关注的提示在手机消息栏突然冒出来，孟楚顿了一下，然后点进去。

两分钟前，酥酥发了一条微博。

“电梯里小孩端着的关东煮好香！快把我馋哭了。”后面配了“快哭了”的颜文字。

孟楚读了两遍，嘴角轻轻上扬。

直播开始了。

“大家晚上好。”这是酥酥每次直播时都会说的话。这句话带着隐形的魔力，仿佛他说好，就真的会好。

进入直播间的粉丝在公屏上刷“酥酥晚上好”“糖姐晚上好”以及“拆哥晚上好”。

孟楚看着公屏上的问好话语，莫名有一种像是在慰问一家三口的感觉。

“大家晚上吃的什么啊？”他喝了一口茶，吸吮的声音被麦克风放大。

他看见公屏上有人在问他喝什么，他回答：“我在喝红茶，今天晚上只吃了几颗坚果。我最近在举铁，现在感觉腿和手臂都是酸的。”没一会儿，他又说，“我给你们放一首歌吧，是我今天举铁的时候听的，特别有动力。”

孟楚可以想象，此刻的酥酥对着电脑，一脸认真地在歌单里面找单曲的样子。

是一首老歌，《倩影流年》。

孟楚一听前奏就已知晓，因为她听了无数遍。

这首曲子时而哀怨缠绵，时而激昂高亢，终归来说，它并不是一首适合运动时听的歌曲。

歌曲进行到一半的时候，调皮的粉丝在公屏上刷：“宝贝儿，你听这个能举动铁吗？”

孟楚“扑哧”一声笑了出来，含在嘴里的糖块，竟然顺着湿润的口腔，直接滑进了食道里。

5.

提问环节基本都是日常表白，没什么新意。孟楚不太喜欢，于是放下手机，打开了电脑。

QQ 好友列表里面那个动漫人物的头像是灰色的。

她握着鼠标，点进了头像，可是当她看着空白的对话框时，又犹豫了。

酥酥的声音在客厅里徘徊。

拆哥和糖姐作为官方 CP 在发糖。

被塞了一嘴狗粮的粉丝在公屏上用文字表达自己激动的心情。

“啊啊啊啊，官方发糖了！”

“拆糖一生推！”

“天哪，拆哥好撩啊……”

“好甜啊！”

这是酥酥时常自娱自乐的一个拆糖小剧场，用两种声线对话，很多粉丝是拆糖的 CP 粉，所以大家喜欢这样的互动。

但其实，大家都明白，不管是拆哥还是糖姐，他都是酥酥。

“行啦，今天的问题回答完了。”他用软萌音说，“我今天找了一个短篇故事，你们想听吗？”

大家说“想听”。

酥酥无意间瞥到公屏上有人问“酥酥你什么时候会有新剧出来”。

他回答：“最近的确是有一个剧要接了，但是不确定，因为蔷薇那边还没有定，所以还是要等消息。”突然，他问了一句，“第四期你们都听了吗？”

他说的是孟楚作为编辑的那部广播剧，邢薇两天前已经发剧了。

“我挺喜欢这个编剧的，我总感觉像是为我量身定做的。”他突然想起什么，激动道，“上次年中歌会的时候，我还看到那个编剧了。”

纸张翻动的声音清脆明亮，孟楚却因为他无意中提及自己而乱了分寸，她在对话框里面打上一排字，鼠标已经对上发送的按钮，可手指就是敲不下去。

她胆怯了。

她想追求他，但是理智告诉她，这样也许会毁了好不容易建立起来的“朋友”关系。

“好了，言归正传，今天我要给大家读的是塞林格创作的一个短篇故事，叫《破碎故事之心》。”正式读之前，他先给大家做了一个导读，“这是一篇以创作者角度写的小说，讲述他如何写出一个爱情故事，很有意思，我开始读了。”

他的声音依旧那么好听，在好几种声线与情绪之间自如地切换着。

“贾斯汀·霍根施拉格，周薪 30 美元的印刷小工，每天有差不多 60 个陌生女人从他眼前经过。由此推算，在霍根施拉格住在纽约的这几年里，眼前要经过大约 75120 个不同的女人……”

故事结束时，已是深夜。

他本来决定用一首歌来结束今天的直播，就在大家都在等待歌曲的时候，直播间突然关闭了，大家后知后觉地在微博上留言说被骗了。

还真像一个小孩子。孟楚不自觉地想。

手指反反复复在键盘上敲打，从最开始一长串的叙述，到后来她颤抖地打出“我喜欢你”四个字，最后还是回归一片空白。

孟楚垂头丧气地关掉电脑，情绪慢慢地随着时间的静谧恢复平静。

整整一夜。

天光破晓，孟楚抬眼看了看窗外，不由得眯起双眼，写过成千上万字的她，如今却连简单一句告白都写不好。

她想，对他，她始终欠缺一些勇气。

就如同他读的故事一样——爱是清晨六点的吻，爱是想触碰却收回的手。

第五章

一身诗意千寻瀑

/ 一身诗意千寻瀑，你是人间四月天。/

1.

“七号桌一份烤鱼、一份炒蛤子，还有一打啤酒，快点。”

烤鱼店的气氛热烈，服务员穿梭在餐桌和厨房两地。

这是一家比较老旧的店铺，白色的墙体已经大面积泛黄，木质的桌子印刻上岁月斑驳的痕迹。

“这家的东西挺好吃的。”沈冬生倒着茶水，把一次性餐具再清洗一遍。

“昨天你直播的时候，我进去了。”沈京捏着一根筷子敲打面前低矮的玻璃酒杯，霎时有种要饭的感觉，他想了一下又说，“我好像看到上回那个编剧也在。”

沈京和孟楚不算熟，既没有见过面，在网上也很少交流，只是对方都知道有这个人而已。

沈京挠挠头，疑惑道："是不是叫小楚来着？还是叫阿楚？"

沈冬生拿着茶杯的手顿了一下。

她来过？

那为什么上次在QQ聊天的时候，没有提过呢？

距离两人上次关于剧本的交谈，已经过去一个月时间了，没有由头，两人便没有机会再谈些什么。

沈冬生有时写论文写累了，会看一下QQ，那个背影头像，从来就没有闪动过。

他想，也许她也和自己一般，是不会主动靠近他人的人。

他与沈京之间，一开始也是沈京主动，两人才成为朋友。

"对了，小薇的新剧你接了吗？"沈京转移话题。

沈冬生喝了一口茶水。

劣质的茶叶泡出来的茶水有一种浓厚的味道，在口腔里弥漫，让人很不舒服，但是出于礼貌，沈冬生还是咽了下去，然后放下茶杯，不打算再喝。

"没有我爸买的红茶好喝。"沈冬生说了一句题外话，随后回归正题，"上次只是说了一个大概，还没最终决定。"

沈京也喝了一小口茶，直接吐了："这什么破茶？还是老子挑的好喝。"

沈京在A市开茶馆，会喝茶是他的基础技能之一。

他激动道："你可是有机会和男神同台啊，你还不抓住机会？我上次和蔚蓝见面的时候，他说这可能是他最后一部网配剧了。"

沈冬生垂下眼帘，显然是在思考。和蔚蓝合作的机会固然珍贵，可剧本才是做剧的灵魂所在，如果剧本不行，CV 能力再强，也不过是亡羊补牢，没多大实际意义。

所以他隐隐期待，那个叫小楚的编剧能接下这部剧。

两人吃完饭，夜幕悄然而至。

沈京这两年和陈皮一样，出差越来越多，经常飞来春市和沈冬生见面吃饭喝酒。

两人微醺，夏日的暖风抚在脸上。

"我们晚上开个频道，聊聊天吧。"沈京提议道。

沈冬生点点头，没有拒绝。

两人回到家，开了电脑，登上 YY 频道。

因为没有提前宣传，所以在线的粉丝特别少，两人在家里又开几瓶果酒，酒杯撞在一起的清脆声音通过麦克风放大。

孟楚误打误撞点进了直播间，结果听见两个胡言乱语的人在乱开玩笑。

沈京本来就是一个什么话都敢往外说的人，陈皮也上线了，还和两人连了麦。

"虾姐你怎么在？"沈京问。

陈皮说：“我们剧组在隔壁的房间pia戏啊，谁知道你们两个醉鬼在这儿发酒疯呢！”

沈京不服：“谁醉了？老子还能再吹两瓶好吗？”说完打了一个很长的酒嗝。

“行了，你消停点吧，你俩别喝了。”陈皮是真的有点担心，毕竟这是直播频道，不能什么话都说，被酒精麻痹的大脑是不会听理智指挥的。

“没事，我们俩没醉。”沈冬生插话，喝了酒后的嗓音低沉嘶哑，带着一种撩人的性感。

孟楚的心似被这声音轻轻抓了一下，有些痒。

“酥酥，你们快去睡觉吧。”陈皮一脸认真地劝说。

酥酥喝了一杯酒，发出一饮而尽后品尝滋味的吧唧声，然后突然换了一个声线说：“我俩真没醉，这酒就和饮料一个味儿，一点劲都没有。”

频道里面霎时传来沈京的爹毛声：“你能不能正常点？”

沈冬生呵呵笑，话语间带着难以言喻的慵懒味道：“我怎么不正常了？”

“你怎么突然换了一种声音，太瘆人了。”沈京还是不能习惯他如此自然地切换声音，莫名有一种惊悚的感觉。

“我怎么了啊，我就换个声。”沈冬生本音偏柔，伪出来的声音更糙一点，带着一股生猛的阳刚之气。

“你能不能用你本音说话，你要是再这样我就报警了……”沈京抱着抱枕嗷嗷叫唤。

沈冬生哭笑不得。

孟楚静静听着，觉得自己的呼吸慢慢变得有些急促。

沈冬生就像一个潘多拉宝盒，总是会在不经意间，给人一些意想不到的惊喜。

“虾虾，你把你剧组的人都请过来啊，大家一起玩会儿。”沈京说。

陈皮不愿意：“算了吧，尼尼一会儿还有事，就不叫了。”

沈京挑眉：“兰博也在啊？”

“兰博”是沈京对秦琮在“二次元”名字的简称。

“他一会儿还要备课，就不叫他了。”陈皮护犊子的心昭然若揭。

沈京不是没有眼力见的人，也不强求。

“你俩没事赶紧睡去吧，大晚上的在网上疯啥呢？”陈皮难得正经一次，竟然教育两人。

沈京嗤之以鼻。

沈冬生默不作声。

“小薇那部新策划的广播剧，找我去跑龙套，她说主角还没确定，是不是你还没答应啊？”陈皮问沈冬生。

沈冬生颤了颤睫毛，呼吸里带着浓重的酒气，虽然他知道自己没醉，可是酒精的味道还是刺激了他的大脑。

“那个编剧接了吗？”他思考片刻，鬼使神差地问了一句。

陈皮不知所云：“谁啊？”

沈冬生没吭声。

孟楚在他的静默中，心跳如擂鼓。

闲话叨叨到后半夜，两人才关了频道。

另一边，孟楚也退出了直播间。

“吱吱”的声音提醒孟楚，QQ 收到了新消息。

孟楚看着熟悉的头像闪动，然后打开了对话框。

“宝贝儿，半个月了，你写完了没？”编辑发出感叹一般的问候。

孟楚思忖片刻后，打了一行字发了过去：“我想下个月再给你结局。”

编辑发来疑问的表情：“怎么了？卡文了，还是有其他问题？”

孟楚回：“我有件事情想先完成。”

“那你的稿费可能要晚发了。”编辑提醒她。

她说没关系。

和编辑谈妥之后，她又打开邢薇的对话框，聊天记录还停留在邢薇邀请她写剧本，她说要考虑的那天。过去一个月了，邢薇没有催过她一次。

她发了几个字过去。

电脑屏幕的清冷光线映在孟楚的脸上，神情让人捉摸不清。

她对邢薇说：“那个剧，我接了。”

2.

“完结 FT 你会来吗？”孟楚盯着电脑屏幕，再三犹豫问了这句话。

完结 FT 是一部广播剧完结后，主创聚在一起聊聊录制的过程，顺便讲一讲自己对于这部剧的心得和理解，总的来说，就是给喜欢这部剧的粉丝一个福利。

邢薇前几天在微博上征集了关于完结 FT 的问题，周日两人在家打扫卫生的时候，她顺口问孟楚要不要来。

孟楚攥着拖布，眼神发生微妙的变化。

邢薇专注地擦桌子，完全没有注意到她的愣神。

“都……都会来吗？”孟楚假装漫不经心地问。

下午阳光大好，透过窗帘薄纱不顾一切地钻进室内，阳光落在她脚边，有一种莫名的归属感。

“应该都会来吧，上个礼拜我问酥酥，他说要看那天具体有没有时间。”邢薇回了一句。

孟楚若有所思地眨了眨眼睛，半天才发出一个“哦”的音。

思绪被强制性拉了回来，对话框里迟迟没有新的消息出现。孟楚为自己的冲动感到尴尬。

就在孟楚以为他不会再回复的时候，消息提醒的“吱吱”声响起。

“不好意思，刚刚领导找我有点事。”酥酥解释道。

孟楚连忙说：“没事、没事。”

“我会去，但是可能要晚到一会儿，最近工作上的琐事有些多，所以要加班。”酥酥回答她刚刚那个问题。

孟楚心情的大门被“我会去”这三个字彻底打开了，她嘴边带笑，却不自知。

她敲打键盘：“我会等你的。”

她刚发过去，就发现这句话语义太过暧昧，但是撤回更显得心虚，于是她重复打了一排字发过去：“我们会等你的。”后面还配了一个憨笑的表情。

对话框上方“正在输入”四个字闪了又闪。

孟楚的心脏紧了又紧。

片刻，一个摸头的表情发了过来。

她记得他特别喜欢对粉丝说“虎摸”两个字，而这次，是对自己说的。

“对了，我听蔷薇说，你把那部剧接了。”酥酥说道。

“嗯。”

“我还以为你不会接呢。”

孟楚看着这几个字，有片刻的失神。

“但是我挺高兴的，你接了这部剧。”不一会儿，酥酥又发来消息。

孟楚犹豫了一下，然后打了几个字：“你高兴就好。”

你高兴，我才会更高兴。

“你要看看第一期的剧本吗？”孟楚主动问。

“你写完啦？”即使他发来的是文字，也充分表达出他的惊讶。

“写完了，还没交给薇薇。”孟楚心情紧张，嘴唇抿了一次又一次，“你愿意当第一个阅读它的人吗？”

“荣幸之至。”他说。

沈冬生打开阿楚姑娘发来的文档，认真地看了下去。

自打酥酥在年中歌会唱了那首《阿楚姑娘》之后，孟楚便把昵称改成了“阿楚姑娘”，酥酥加她的时候，正是在她改完名字的第一个星期。

“其实我前几天看了原著。”沈冬生说，“陈生是个很纠结的角色，有点老妈子的感觉。”

可能是北方人的缘故，他说话总是很直接，孟楚很喜欢他这样。

“其实我也觉得。”孟楚轻轻地笑了出来，只不过她的笑声，他听不见。

沈冬生说：“为什么蔷薇选我录这个角色，而不是录蓝哥的角色？”

孟楚明白，以酥酥多变的戏感和声线来说，他完全可以胜任两个角色，但邢薇带着一点私心，她很喜欢剧中陆明这个角色，所以她想让自己喜欢的蔚蓝 CV 来配自己喜欢的角色。

“陆明虽然很有人格魅力，可陈生才是这部剧的主要灵魂，这个人物多面复杂，性格有层次，我觉得你很适合他，而且，我相信你会配得更好。”孟楚思考后，敲打下长长一段话。

因为职业的关系，孟楚擅长分析人物，所以邢薇做剧的时候，总会参考孟楚对人物的理解。

“你真的那么认为？”沈冬生竟然觉得有些骄傲。

做网配这么多年了，虽然收获了不少粉丝的鼓励，但被这个阿楚姑娘认可更让他开心。

孟楚回复道：“真的。”

沈冬生的瞳孔中倒影着蓝色光点，让他本身就聚光的眼睛更加炯炯有神。

他盯着对话框里的两个字良久，最后笑了出来。

3.

宋柯年拉着行李出了安检处，在门口张望很久，也没看见熟悉的身影。

昨天他睡觉之前给邢薇发了一条微信，说今天下午两点的飞机到S市。他没有特意说让她来接自己，但心里隐隐存在着跳跃的期待，他希望出机场的第一秒钟就可以见到想见的人。

两人相亲认识，现在没有正式确定恋爱关系，但出于礼貌，他还是很委婉地告知了她一声。

登机之前，他没有收到邢薇的回复。

他俊俏浓厚的眉微微紧皱在一起，悄无声息地透露着低落的心情。

她是不是对他不满意呢?

那为什么又愿意和他保持联系?

修长挺拔的宋柯年站在人群中俨然成了一道风景，他今天穿的是简单的灰衬衫和西裤，显得干净素雅。

他准备再等三分钟。

他站在原地看了看表，又看了看手机，小动作里充满着不甘心的味道。

一道靓丽的身影从一辆出租车上跳下来，邢薇今天穿的是职业装，白色纺纱衬衫和紧身黑色包臀裙，一双又长又白的腿在太阳底下闪闪发亮。

“不用找了，师傅。”

邢薇踩着“恨天高”，跌跌撞撞地走着，她只顾着看脚下的路，完全没看见有人在她未发觉的情况下慢慢靠近。

邢薇看了一眼手腕上的表，心里火急火燎。她昨晚加班，早上又着急上班，没时间看手机消息，今天午饭时才打开微信，一打开便看到了宋柯年发来的消息。

看到消息后，她连午饭都没吃，直接打车来了机场。

下午回去肯定是要迟到的，于是她在车上向领导请了两个小时的假。

她跑得急，“恨天高”的鞋跟突然断裂，她的身体突然向一边倒下。

“啊……”她忍不住叫出声。

意料之中的摔倒没有来临，她被一个带着阳光味道的怀抱包裹住。

她微微抬头。

背着光的人很模糊，但他浑身带着燃烧整个世界的温度。

虽然看不清，但她确定是他——

宋柯年。

一个人对另一个人，是可以通过感觉来确认的。

宋柯年把邢薇扶起来。

断掉的鞋跟彻底罢工，邢薇崴了脚，她感觉到轻微的酸痛。

“还能走吗？”宋柯年问。

邢薇不知道是点头还是摇头，龇牙咧嘴地哼哼。

宋柯年不再问，伸手拦了一辆出租车，然后把人打横抱起放进车里，回头去拿自己的行李，放进后备厢。

车内的空调温度很低，瞬间驱除了夏日的焦躁。

“你怎么来得这么突然啊，我中午才看到消息。”邢薇低头揉脚，闷声问道。

邢薇穿着的包臀裙很短，细长的大白腿惹人遐想。宋柯年感受到一双眼睛在后视镜里意图不轨，于是他展开手里的西装外套，直接搭在了她腿间，把春色盖住。

他带着警告意味的眼神投向后视镜，某双眼睛终于老老实实地目视前方。

“怎么了？”邢薇见他迟迟没有回答，于是抬起头。

“我也是昨天临时决定的，就想着告诉你一声，没寻思让你来接我。”宋柯年诚恳地说道。

其实他内心还是很想让她来接自己。

“你订酒店了吗？”邢薇问。

宋柯年哑然，没有回答。

其实这次出行，并不是因为工作。两人太久没有见面，一直都是通过手机联系，邢薇工作又忙，连视频的时间都很少有。他想见她，所以就有了这次意外之旅，根本没有想着订酒店，只订了晚上回 A 市的机票而已。

“忘了,还是故意没订? ”邢薇心知肚明,还是例行公事一般问了问。

宋柯年假装看向窗外。

风景倒退，炙热被一扇窗隔绝在外。

“我先带你去我的住处吧，我下午只向老徐请了两个小时假，一会儿还要回公司一趟。”邢薇一边揉着自己的腿一边说。

老徐是财务部主任。

宋柯年转过脸，眼神里充斥着担心：“你这样子能行吗？”

邢薇不在意地说：“没事，我到公司换拖鞋就好了。”又说，“晚上我带你去吃饭，你想吃什么？”

“不用这么麻烦。”他虽极力板着脸，但因为邢薇的主动有了一丝松动。

“不行。”邢薇义正词严，“我妈要是知道我没有把你招待好，一定会这么对我的——”她一边说一边用手在脖子处摆弄一下，做了一个杀掉的动作。

宋柯年的脸一下子彻底冷掉了。

邢薇没发觉宋柯年突然安静，出租车行驶到写字楼的门口，邢薇费力地踹开门。宋柯年害怕她崴了脚伤势变重，在她爬出车子之前，已先一步下了车，绕过来直接把正要下车的她拦腰抱起。

抱着邢薇，他微微弯下身子，探头对司机大哥说道：“您等我一下，我一会儿就下来。”说完就直接进了大厦。

还没有给车钱……司机大哥苦兮兮地想，他就是不想等也要等了。

身材高大的帅气男人抱着一个美女的确是一道华丽的风景线。

邢薇全程捂住脸，简直不敢看别人投过来的目光。

这个时间段，电梯里没有人。

宋柯年问她：“几楼？”

邢薇闷哼：“17 楼。”

宋柯年按了“17”的按钮。

“你快放我下来。”电梯缓慢上行的过程中，邢薇试图挣扎。

宋柯年轻声警告：“别乱动，小心脚。”

邢薇不敢乱动了。

宋柯年的声音很低，邢薇偶尔会觉得他的声音自己在哪儿听过一般。

电梯“叮”的一声到达 17 楼。

公司里的同事都朝他们看过来，邢薇不得不捂住自己的脸，整个人缩在宋柯年的怀里，耳朵贴着他的胸膛，一下一下感受着这个男人的心跳声。

她听见他在问一个同事财务部怎么走。

财务部在公司最偏僻的位置，办公室不大，只有几个女生正在探讨下班要不要去看新上映的电影。

“我跟你说，这部电影不会……”声音戛然而止，女同事看着突然进来的大帅哥，惊呆了。

“你坐哪儿？”宋柯年微微低头问怀里的人。

邢薇透过指缝看了一下方向，然后挥着胳膊指向墙角的位置。

宋柯年把她放在位置上，然后拿过拖鞋给她穿上，他的动作温柔细致，生怕会弄痛她。

“下班我来接你。”宋柯年说。

邢薇窘迫地坐着，宋柯年蹲下，微微抬头看她，额前细碎的黑色刘海被汗水打湿，灰色衬衫的前襟也有濡湿的痕迹。

“给你。”邢薇从抽屉里拿出一把备用钥匙放在他的手里，“这是我家的钥匙，小楚不知道在不在家，不过我会和她说一声的。”邢薇不敢看他。

今天发生的糟心事够多了。

宋柯年愣怔了几秒，然后听见邢薇小声说：“我六点下班。”

宋柯年漾出笑意，最后勾了勾嘴角。

4.

“你最近出现在网上的频率过于频繁啊，小楚，你是不是相中谁了？”扬声器里陈皮的声音大刀阔斧地劈过来，孟楚擦桌子的手不自觉顿了一下。

这个浑蛋，第六感真灵。

“你要是相中谁了，就跟哥说，哥帮你泡他。我楚妹相中的，哥就是用硬的，也帮你弄到手。”陈皮大言不惭。

“什么啊。”孟楚被他逗乐，笑骂他，“你以为你是混黑社会的，看古惑仔看多了吧。”

陈皮笑说：“那是哥的镇宅之宝。”

陈皮小时候就喜欢看这些，古惑仔系列的碟片摆满了柜子。

刚认识陈皮那会儿，孟楚看他一身痞气，还真以为他是个混混，熟了之后，才知道这家伙有正经工作。

“想当初哥最大的理想就是成为地方一霸。”陈皮一说起自己当初那点不切实际的理想，就像开了闸的水，源源不断地往外流。

“你想啊，我走在前面，后面全是小弟，那场面……”陈皮在幻想中畅游。

孟楚下意识地掏了掏耳朵。

“哥……哥……”孟楚试图打断他的畅想。

陈皮停下。

她问：“你今天不上班吗？”

“上啊。”

“那你还有时间跟我瞎扯？”

陈皮想想也是，话题跑偏了。

“那说正题，你到底相中圈里的谁了？”

他认识的孟楚可不是一个主动的人，更何况是主动接一部广播剧，尤其她还处于交稿期。

“你想太多了，就是薇薇姐的原因我才答应的。”孟楚不自然地掩饰。

“小楚。”陈皮语气认真，听得孟楚身上的鸡皮疙瘩都起来了，“你糊弄哥呢，你要不是相中谁了，我真的……”他微微一顿，好似在思考什么，然后问，“你是喜欢酥酥，还是蔚蓝？”

他觉得邢薇策划新剧里的两个主役是最有可能的。

孟楚心里颤动一下后，然后说："不是。"

陈皮琢磨了两秒，这部剧的剧组人员她接触过的无非就是经常聚在一起的那几个而已，不是蔚蓝和酥酥，那就是……

一个大胆的猜测在陈皮的大脑里发芽，他惊恐一般睁大双眼，睫毛颤动。

难道……

难道是……

不会吧?

"你怎么不说话了？"孟楚不耐烦道，"没事就赶紧挂了吧，我一会儿还要去趟超市。"手机微信在这时冒出一条消息，她没有注意到。

"小楚……"陈皮声音微微颤抖，明明说了两个字而已，音调却拐了几个弯。

孟楚挑眉："你这是要给我表演山路十八弯？"

"你不会是……"陈皮继续拐弯。

孟楚微微皱眉，搞不懂他到底怎么了。

"对不起啊，小楚。"

突如其来的道歉，把孟楚吓到了。

"陈皮，你怎么了？"孟楚问，"没事你向我道什么歉啊？"

"哥不能和你在一起。"陈皮突然语重心长道，"哥一直拿你当亲妹妹对待，以后也不会变的，你别恨哥。"

孟楚听得云里雾里。

她细细咂摸了一番，然后……

“陈皮，你是不是有病？”孟楚吼出来，威力可参考河东狮吼。

陈皮忍不住捂住耳朵。

孟楚在心里“吐槽”，敢情这自作多情的傻货是以为她暗恋他。

“不……不是吗？”陈皮心虚地问道。

“当然不是。”孟楚恶狠狠地说，“我现在真想拿起鞋底子抽你一耳光，你信不信？”

陈皮讨好地笑：“别啊，我是你哥啊。”他相信孟楚做得出来，她是典型的不鸣则已一鸣惊人。

孟楚懒得和他废话，刚想说点什么赶紧结束这通让她糟心的电话，门锁转动的声音就引起了她的注意。

宋柯年打开门，低头拎着行李箱推门进屋，转身之际正好和孟楚的目光对上，气氛一时有些尴尬。

孟楚低声对着电话听筒说了句“有事”，陈皮“哎哎”的声音被无情地切断。

宋柯年站在门口，一时进退不得。

孟楚眼睛锐利地瞄到他手上的备用钥匙，大脑飞速转动，几乎一瞬间揣测出来人的身份。她礼貌地说道：“你好，我是微微姐的室友，我叫孟楚。”

宋柯年张口哑然，竟然不知道如何介绍自己，他还没有和邢薇确定恋爱关系，可如果不是男女朋友关系的话又说不清现在的状况。

宋柯年俊眉微皱，低头看了一眼手里的钥匙，又想起分别之时邢薇一脸害羞地把钥匙放进了他的手中。

他勾了勾单薄的嘴角，声如乐章：“你好，我是邢薇的男朋友，我叫宋柯年。”

5.

“他真的是这么和你说的？”邢薇舔了一口手中的香草味冰激凌，难以置信地问。

孟楚正在改剧本，象征性地点点头。

邢薇嘀咕：“他怎么没和我说呢？”那天两人去邢薇父母家吃饭，在长辈面前他也没这么说啊，她还以为两人的关系还需要再深一步才能确定呢。结果宋柯年这边已经单方面宣布了，她竟然还被蒙在鼓里。

孟楚听见她嘀咕，一边飞速打字，一边回应她：“可能是他还没想好怎么和你说吧。”

邢薇赞同地点点头。

也是，宋柯年是个话很少的男人，让他主动做出告白求爱这种事，的确是需要时间的。

邢薇突然想起那天大庭广众之下，被他抱着的那种感觉，还真不赖。

“你干什么呢？”邢薇摇摇头，把想入非非的念头赶走，舔着冰激凌，问孟楚。

孟楚漫不经心地回复：“就是广播剧的剧本啊，我正在改。”

邢薇跳起来，激动道：“你都写完了？”

她三步两步爬过去，把下巴抵在孟楚清瘦的肩膀上。

“你什么时候写完的？这么快，那我是不是可以开始准备收音了？”

作为一个广播剧的策划，收音就如同编辑催稿一般，是噩梦的来源。邢薇很享受当噩梦的主宰者，这让她有一种刺激的快感。

“还不行。”孟楚拒绝。

“为什么？”

“上次我和酥酥谈论过，我觉得我第一版写得过于啰唆了，我看看有没有可以改动的场景，把它们合二为一，同时保证剧情通顺。”

广播剧一集最适宜的时长是六十分钟，一部长篇小说改编广播剧最好控制在四期左右，如果剧情的通顺和场景的转换不能同时保证，那么只能加长集数，这对后期和编剧来说都是不小的挑战。

身后的人迟迟没有动静，可是肩上的重量没有消失，孟楚偏过头，正好撞见邢薇略带怀疑的眼神，她问：“你干啥这么看着我？”

邢薇探究的目光又深又长，她扔掉冰激凌，双手扳过孟楚的脑袋，四目相对。

孟楚心虚到不自然——她也不知道自己为什么会心虚。

“说。”邢薇厉声说道。

“说什么？”孟楚觉得好笑。

“你什么时候和酥酥这么熟了？”邢薇直言不讳地发问，“不会背着我们暗度陈仓了吧？”

孟楚心里一震，但是面上没任何变化，她试图转移话题：“你用的都是什么词啊？暗度陈仓是用来比喻……”

邢薇挥手打断：“我不听你给我咬文嚼字，我就想知道你俩进展到什么关系了。”

孟楚眼底有一丝不容易察觉的失落。

她自嘲地想，她和他能发展到什么关系？

无非就是她一厢情愿，也许未来的某一天，他们可能会成为朋友。

“能有什么关系？就是偶尔会谈论一下剧本。”孟楚解释道，“编剧和 CV 的关系呗。”

邢薇依旧探究一般瞅着她，但又觉得孟楚说的是事实。

“好啦，你该睡了，小心明天有黑眼圈。”孟楚说。

上了二十五岁的女人就开始担心自己皮肤会随着时间衰老，这是万古不变的真谛。

邢薇被转移注意力，一边起身一边絮叨：“我还没擦眼霜，我要去睡了。”走到卧室门口的时候，她还不忘交代孟楚也快去睡，“你也就能嘚瑟两年了，等你和我一样的年纪，就该知道年老到底是多可怕的事情，所以趁着还有资本，赶紧把底子打好，不要熬夜。”

孟楚笑着看邢薇进了房间。

邢薇应该是最没有资格说这话的人，经常熬夜加班的就是她，所以能拯救她的就是一瓶一瓶的化工产品。

孟楚继续看着电脑，刚刚邢薇的一番询问，又激起她心底的一层浪，扑打她脆弱的心房。

她打开歌单，最上面是一首前几天酥酥刚翻唱过的一首古风单曲——《一身诗意千寻瀑》。

这歌来源于一首诗，是一首为才女林徽因创作的诗，讲述她一生的际遇和感情纠葛。

酥酥用沙哑混浊的声线去演绎这首歌，与歌词的年代感相得益彰。

原作里的原句是——一身诗意千寻瀑，万古人间四月天。

“万古”两字太过宏大，孟楚的世界很小，小到只能装下一个人。

耳机里音乐流淌，孟楚福至心灵，在文档上敲下一行字：一身诗意千寻瀑，你是人间四月天。

这是她对他，单独诉说的情感。

第六章

白色告别

/ 终有一天，要同世界言和的时候，
才霍然发现，除了这副皮囊，我们一无所有。/

1.

“我说你能不能搞定，都快半个小时了。”沈京的声音在频道里和乱窜的电流杂糅到一起。

陈皮慌慌张张：“你别催我，一会儿就好了。”

陈皮再一次作为主持人，可他把流程台本弄丢了，而此时，他正慌乱地在一堆文件夹中找自己的台本。

“我这儿文件夹太多了，有点眼花。”陈皮解释道。

沈京无情地打击他：“我看你不是眼花，你是眼瞎。”

邢薇正闭麦吃着东西，孟楚在喝红茶，听到两人在YY语音频道掐架，有趣程度堪比相声。

“神经。”陈皮找到了自己的文件夹，叫沈京名字的时候一时激动滑屏了语调。

“你说什么玩意儿？”沈京以为自己的耳朵出现了问题。

邢薇这时候忍不住了，开了麦哈哈大笑：“他说你神经，哈哈哈！”

孟楚刚咽下一口红茶，差一点就呛到了。

“一个神经，一个眼瞎，你俩还真是相爱相杀的绝配。”邢薇啧啧赞叹。

沈京咬牙：“胡说，我和他没有相爱，只有我杀他。”

陈皮也不服：“是我杀你吧。”

“我说，你俩真的可以组一个组合了。”邢薇真诚建议。

这种 CP 组合应该会小火一把。

邢薇连噱头都想好了，就叫京城小爷和 S 市男人的针锋对决。

“小爷不想和他组。”沈京说。

“哼，老子也嫌弃你好吗？”陈皮依旧不服。

这时公屏上有人刷弹幕。

“尼姐好像来了。”

“小尼进直播间了。”

陈皮心里一万只“草泥马”齐刷刷奔腾而过。

他怎么来了？

只是一闪而过，那个名字又消失了。

这时，公屏上又“炸”了，那是因为万众瞩目的人出现在了直播间。

“糖姐来了。”

“酥酥晚上好！”

“拆哥啊拆哥！”

“今天晚上会是谁啊，好期待……”

酥酥姗姗来迟，先问好，后又为自己的迟到道歉：“大家晚上好，我是酥酥。因为工作，所以我来晚了，不好意思。”他用了剧里的声线，是粗糙又磁性的低音，听得人耳朵一阵酥麻，似有微弱的电流窜过。

大家齐刷刷在公屏上刷“没事”。

“我说你能不能用本音说话？”沈京是第一个奓毛的。

他是在场唯一一个和沈冬生在“三次元”见过面的人，早就习惯了沈冬生的本音，沈冬生用伪音只会让他瞬间起鸡皮疙瘩，然后……想报警。

“对呀。”邢薇也忍不住跟着附和，“酥酥你用本音和大家打个招呼嘛。”

“不是。”沈冬生解释道，“我是想说声线转换一下。”

邢薇：“好好好，那刚才那段卡掉啊，我们重新来，有请我们的组织，五百颗糖的酥酥来和大家打个招呼。”

沈冬生轻咳一声，重新松了松嗓子。

孟楚看着“酥酥”的麦序，忍不住勾起嘴角。

这人不管到哪儿，都能受瞩目。

有些人就是这样，光芒掩盖不住，锋芒无法收回。

“大家好，我是酥酥。”一句简单的问好，沈冬生用了两种不同的声线，前半部分是他的本音，后半部分是他演绎角色时的伪音。

一个清澈温柔，一个磁性低沉。

无论是哪一个他，孟楚都非常非常喜欢，是那种喜欢到心底再也无法拔出来的喜欢。

直播间安静。

过了会儿，邢薇忍不住“扑哧”笑出声，酥酥这一拨操作，的确让人很惊讶。

公屏上甚至有人刷长弹幕：“不管听多少次，酥酥的伪音都让我感到震撼。”

“好啦，我们开始今天的节目吧。”终于找到台本的陈皮开始今晚的主持。

2.

“当初为什么会接这个角色呢？”陈皮照着台本的流程开始问问题。

沈冬生思考了一下，麦克风里许久没有传出他的声音。

“其实当时就是哒姐跟我说有个本子让我试一下，后来蔷薇就找到我，我看了第一期的剧本没有太大的感觉，就觉得我自己一个人分别饰演两个角色还是很有挑战性的，所以接了，但要是问我具体原因，其实我也想不起来了。”

陈皮刚想继续问问题，麦克风里又传出酥酥的声音：“不过小楚编剧的剧本我觉得很适合我，让我节省了很多理解人物的时间。”

突然被点名，孟楚心脏漏掉一拍，然后以高歌猛进敲鼓的频率跳动，每一下，心房之上的皮肤组织都会轻微颤抖一下。

“小楚，快出来，恭喜你被一只糖砸中了。”陈皮开玩笑似的说。

没有回应，陈皮又问：“小楚不在吗？”

“在……在呢。”良久，蔷薇的麦克风里传出孟楚的声音。她不知道该如何回应，这种相处方式与隔着对话框用文字聊天的感受不同，声音与声音直接的接触和碰撞，是一种更接近的开始。

她笨拙地回复：“谢……谢谢你喜欢，我也是第一次写这么正规的广播剧剧本。”

“写得很好。”沈冬生本音柔软细致，如山谷间平静流淌的泉水。

“谢……谢谢。”她实在不知道该说些什么。

“好了，我们继续吧。”陈皮目不转睛盯着电脑上打开的文档，这是早前邢薇在微博上征集的有关完结 FT 的问题。

“这个问题是策划的。”陈皮照着一句一句地读，“蔷薇策划大大，你是怎么想到让酥酥一人分饰两个角色的？你看原文的时候，就已经想好 CV 的人选了吗？”

邢薇对着麦克风，孟楚偏过头看着她。

“其实我当时第一个念头是要找两个人的，但是后来和酥酥聊过，又对这个人物进行了分析，发现酥酥的两种声线都很适合。”邢薇思考着，“我看原文的时候基本会思考或者是带入我认识的人里面适合这个角色的声线。”

“还有一个问题也是问策划的。”陈皮说，“策划是怎么决定做一部广播剧的？”

邢薇如实回答：“一般是有合适的 CV 人选，然后保证剧组的人员都有时间，可以不耽误发剧的速度，这样我就会去联系作者要授权，然后开始制作。”

“好，谢谢蔷薇女神的回答，那么下一个问题是问酥酥的。”陈皮继续问题，“有粉丝问，酥酥你的戏感为什么会这么好，平时有做声音练习吗？”

孟楚聚精会神等待他的回答。

“当然有，其实我以前会做很多练习的，比如模仿别人的声音，还有多听听别人的剧，感受相似人物的处理方式。其实，我是一个没什么天赋的人，我都是靠去模仿和学习别人，主要还是听得多，相似的角色很多，所以就没什么难度了。如果给我一个我从来没有听过的人物角色，我可能就蒙了，不知道该怎么去诠释他，但一般我觉得自己拿不住的角色，我不会接的。”

他说这一番话时的语气认真，前所未有，孟楚似乎可以想象坐在电脑屏幕前说话的他神态严肃又沉重，像是诉说自己心底最深处的秘密。

“真切的演绎，前提是真切的感受。”不知怎么，孟楚突然想到这句话。

“所以你才会分裂出这么多声线哦。”陈皮也对他的“分裂技能”

赞叹。

“我以前很喜欢日本动画片，很喜欢模仿里面的人物说话，小时候我转学的次数很多，所以我的朋友可以说是很不稳定的，久而久之我就可以分裂成两种声音对话，其实也就是小时候发现的一种自己和自己玩的方式而已。”

他很少说起自己生活上的事情，在粉丝文化发展的“金坛”，台前幕后都喜欢用一些噱头赚取眼球，网配圈也是，很多 CV 用爆照或者参加线下活动的方式来和粉丝互动赚取知名度。

可是酥酥不一样，他不喜欢招摇，他只是享受这个小小的世界，只有声音，没有那些乱八七糟的东西。

他喜欢配音，有人喜欢他配音，这就够了。

“酥酥。”孟楚开口，她后知后觉地抿了一下嘴唇，也不知道自己怎么就叫出了口，也许是感同身受感染了她。

她当年也是一个如他这般孤独的人，没有太多交心的朋友，所以用文字安慰自己。

声音和文字产生的交集，给他们制造了相遇的机会。

“怎么了？”麦克风里有不稳定的电流声传出，他的声音被刺激得有些模糊。

“我……”孟楚根本没想好说什么，“你……”

“你今天怎么扭扭捏捏的？”陈皮坏笑插嘴。

“你闭嘴。”邢薇骂他。

“我在呢。”酥酥又说。

“你……你很好，比你自己认为的还要好。”孟楚深吸一口气，然后下定决心一般道，“请你相信我，也相信自己，好吗？”

久久的安静，几乎让人错以为时间静止。

那天最后的茶话会，孟楚不记得唱了什么歌，聊了什么话题。

一直到深夜，有睡意席卷而来，那句淡淡的“好”如同高山间回荡不朽的回响。

很久很久之后，孟楚都会记得这天，他用感情充沛坚定的声音对自己说“好”。

3.

“尼尼？”

“小尼？”

“小琮？”

陈皮以一分钟一条的速度轰炸着秦琮的聊天对话框。

他很喜欢和秦琮聊天。两人一起录剧时的状态他也非常喜欢，有一种相见恨晚的感觉。

陈皮躺在床上，一只手攥着手机，另一只手的食指抠着枕头上的刺绣花纹。

秦琮许久没有回复，陈皮失落地翻身，然后发出沮丧的叹息。

过了一会儿，陈皮还是没有睡意，他半坐在床上，无聊地翻看着他与秦琮相识以来的聊天记录。

半个月前，秦琮对他说“你的戏感难道是被狗吃了吗”。

那次是因为现场 pia 戏始终不过，秦琮私下对他说的。他甚至可以想象当时秦琮爹毛的样子。

最后，秦琮帮他分析了这个角色的性格，揣摩这个角色的心理活动，最后一次 pia 戏的时候，他只录了一遍就过了。

一个星期前，秦琮说，最近孩子们实在是太不听话了，他庆幸自己不是班主任。

陈皮安慰他说，现在小孩都难管，全是爸妈惯的，你不用理。

然后他翻到了两人最后聊的那页。

“你觉得我是一个怎样的人？”那天秦琮主动问他。

他回：“是一个很好的人。”

陈皮久久盯着对话框，迟迟不愿移开目光，手机屏幕在黑暗里发出清白的光，把他的五官衬得更加立体。

双瞳正在聚焦，有一个细小的白点在瞳孔中放大又收缩。

陈皮难言的笑意终于还是在嘴角荡漾开来。

4.

“陈生和陆明的感情已经明朗了，陈生是处于被动的，可是他喜欢陆明的心是明白的，所以这个部分你在录的时候，情感不要太收了。”孟楚敲下这行字，然后发给酥酥。

她以为自己可以第一时间得到他的回复，因为她选择的时间都是下班后，并且那天肯定是没有直播的。

可是她对着电脑许久，都没有收到回复。

本来雀跃的心情，在时间流淌中，渐渐失去了温度。

关掉电脑，她转身回头。

邢薇正坐在沙发上煲电话粥，她最近也有不少烦心事。她和宋柯年相识几个月，交往还不到两个月，家里人就催婚。她妈的原话是：现在人有了，定个日子就可以了。

邢薇每次都一脸无奈地把手机放在一旁，然后静静地听着她妈在电话另一端“念经”。

“这样是不是太快了？”邢薇抓着头发。

宋柯年一边整理文档一边和她通话，夜晚让他的声音变得异常温柔，秋风带着轻微的凉爽，淡淡刺激着带着温度的肌肤。

不知不觉，S 市短暂的秋天已经来临。

“老人家，都是比较心急的。”宋柯年说，“我妈已经催我生孩子了，她和我说，如果不打算先结婚，咱俩可以先要个孩子。”

邢薇微微红了脸：“哪有先上车后补票的？”

宋柯年一脸正经：“我不是那种会打乱顺序的人，你不要紧张。”

他这么一说，邢薇就更紧张了。

“你什么时候开始不正经了？”邢薇低着头，本来抓着头发的手指不自觉去抠沙发，留下一道印子。

宋柯年无辜道：“我一直都很正经啊，只是对着你偶尔会稍微不正经。”

邢薇不想继续探讨他到底正经不正经，把话题迅速拉了回去：“结婚这事，你是怎么想的？”

宋柯年手上的动作顿了一下，敛了敛神色，然后眨眨眼睛，认真道：“其实……我挺想早点结婚的，不过，如果你觉得太早，我可以等你。”

邢薇哑然失声，一口气憋在心口，半天没缓过来。

夜晚的风吹过她的眼帘，她反复咬着嘴唇，然后听见自己说：“宋柯年，你是认真的吗？”

听筒里有轻微的呼吸声，邢薇感觉自己身上的每一个细胞都处于高度紧张状态。

良久，她听见他说：“我是认真的。”

两个人最后说了什么，邢薇已经不记得了，只是呆呆地挂掉了电话，就连孟楚坐到她身边都没有发觉。

“你没事吧？”孟楚手掌在她面前晃了晃。

“你说，早嫁人和晚嫁人有什么区别吗？”邢薇抬起失神的眼睛，问道。

孟楚木然地说：“我也不知道啊。”她甚至不敢想象有一天跟自己结婚的那个人长什么样子。

抑或是，她还有可能结婚吗？

还能够在未来的某一天遇见携手一生的人吗？

也许是受父母的影响，她一直对结婚这件事情抱有隐隐的恐惧感。她想不通，为何当初如此相爱的两个人，现在会变得如此疏离而怨恨，每天抱怨着对方，就连生活中细碎的小事也会变成吵架的理由。

她想起不久之前，她接到母亲的慰问电话。

没说上两句，母亲便用怨愤的语气训斥父亲，最后两人根本无心理会电话这头的女儿，只顾着争吵。

貌合神离的婚姻，对于两人来说是个悲剧。

她默默地挂掉了电话，心情沉重如玄铁一般。

“只要是对的人，早晚都没关系吧。”孟楚说这话的时候神态木然，脑子里却响起一个熟悉的声音。

“今年过年回家吗？”这次父亲主动打来了电话。

孟楚去年并没有回家过年，她用了一个非常恶劣却现实的理由——没有买到火车票。虽然她当时是故意没有买票的。

每年过年都会有很多鸡毛蒜皮的小事导致父母吵架，本来一个好好的新年，最后却乌烟瘴气。她想眼不见为净，所以只身留在S市过年。

“我……我还不知道。”孟楚心虚道，“看能不能买到票吧。”

“姑娘。”孟楚的父亲只要说起严肃的事情就喜欢这么叫她。

孟楚握着电话的手一紧，鼻子顿时有些发酸，眼睛里也起了迷雾。

“嗯。”孟楚哽咽一声，很轻，不易察觉。

“今年回来吧。”父亲的声音很沉，“爸不和你妈吵了。”

“你们决定离婚了吗？”孟楚问。

这是她小时候不敢问出口的问题，她胆小又懦弱，害怕父母离婚，可长大之后，见多了是是非非，觉得分开也是一个不错的选择。

如果父母决定离婚，她会笑着接受，并且祝福他们寻找新的人生。

许久，她听见父亲说：“我们都想你了，回家一趟吧。”

这话里多少带着一点祈求的意味。孟楚喉头翻滚无数次，最后才轻声说道：“我尽量。”

经过亿万年变迁，月亮依旧在每个夜晚悬挂空中。

经得起考验的东西，时间也无法改变，感情也一样。

5.

沈冬生忙了一天，挤出一点时间去健身房，这才有时间打开QQ，一个蓝色背影的头像在最下方的任务栏里闪动，他心里一跳，点开了。

是阿楚姑娘发来的消息。

他下意识地看了看时间，已经是晚上十一点半，不知道她睡了没有。

他看着发过来的消息，一字一句读着。

“陈生和陆明的感情已经明朗了，陈生是处于被动的，可是他喜欢陆明的心是明白的，所以这个部分你在录的时候，情感不要太收了。”

沈冬生抿着嘴唇笑了笑，还是没忍住发了条消息过去。

“今天特别忙，改了三篇论文，还要准备新项目的材料，所以现在才看到消息。”不知不觉，他就解释了很多，其实他根本没有必要解释那么多。

沈冬生发完消息，刚准备关掉对话框，对方的消息就发了过来。

“没事，工作要紧，这么晚了怎么还没睡？”她问。

沈冬生不答反问：“这么晚了，你怎么也没睡？”

孟楚坐在电脑面前轻微叹了口气，她刚刚结束了与父亲的通话，心情沉重烦闷得厉害，躺在床上翻来覆去睡不着，这才打开电脑准备码字，就收到了酥酥回复的消息。

“有点失眠。”孟楚模糊道。

沈冬生轻微皱了皱眉：“我能问原因吗？”

孟楚没想到一向不喜打听事情的他竟然会好奇自己失眠的原因，心中不由得一颤。

“我能先问你一个问题吗？”孟楚突然大胆道。

即使她对酥酥好奇有着千万个问题，即使想要更近一步去了解他，也始终遵守“二次元”守则，按捺着自己躁动的心，不敢轻易说出任何过界的话，她害怕会对酥酥造成困扰，害怕酥酥不再理会她，毕竟这仅有的一点联系，对于她来说也是奢侈的。

“你问。”沈冬生说。

“你相信有永久的婚姻吗？或者说，永久的爱情？”也许是憋闷了许久，孟楚竟然对一个素未谋面的人问出这样的问题。

或许是某种感情的羁绊，她觉得自己可以相信他。

沈冬生沉思了一会儿，不知道怎么回答。其实这个问题对于他来说也是一个无解的谜题。

孟楚看着迟迟没有回复的聊天对话框。

她问了一个不该问的问题，也许酥酥认为她是一个无理取闹无病呻吟的人。

她垂下眼眸，不抱任何他会回复的希望，这时，QQ 响了。

“我也不知道怎么回答你，其实我并没有谈过一次正经的恋爱。”

他是这样回复的。

他……他也没有谈过恋爱?

这个消息在孟楚的脑袋里爆炸。

“我上学的时候比较宅，工作之后还是很宅，不太喜欢和别人交流，大多数的时间不是埋头工作就是在家录音，很少有机会去接触女孩子，所以关于婚姻或者是爱情的问题，我并没有发言权。可能是喜欢看故事的原因，我总会陷入别人的爱情里，久而久之，我对这个问题的真实想法就模糊了。”沈冬生说了很多心里话。

“工作的这几年，我一直在努力学习怎么面对很多东西。”他顿了一下，“毕竟故事是别人的，生活才是自己的。”

故事是别人的，生活才是自己的——孟楚反复琢磨这句话。

对呀，故事是别人的，生活才是自己的。

她一直像一只缩头乌龟，陷进一个又一个别人的故事中，躲避现实。

年底，沈冬生工作业务多，减少了接剧的数量，唯一一部还在进行录制的广播剧便是由邢薇策划，孟楚编写剧本的那部。

沈冬生偶尔会抽一点时间和孟楚、邢薇在 YY 上谈论剧本。

这天，蔚蓝也在。

“两个主角感情的那张纸已经捅破了，所以陈生和陆明这两个角色不需要像之前那么收了，你们的感情要放开一点，比如这里，陆明知道了陈生以前的事情，蔚蓝你这时候有心疼和愤怒两种情绪，而不是只有愤怒。”邢薇拿出她身兼策划和导演的气势来，“蔚蓝你调整一下情绪好吧，我们再来一条。”

“好。”蔚蓝一声漫不经心的回应，酥透了邢薇全身上下的骨髓。

“喂，收敛点，你可是有男朋友的人。”孟楚小声说道。

正是调整情绪的间隙，邢薇闭了麦：“有男朋友也不能妨碍我追星吧，何况宋柯年都不知道 CV 是什么东西，根本碍不到什么事。”

两人有一次吃饭，邢薇说要赶回去收音，宋柯年装作一脸蒙的样子，让她以为宋柯年根本不懂这个圈子里的事情。

孟楚翻了个大白眼给她。

邢薇开了麦：“大家准备好了吗？没问题的话我们就再来一条。”

“陈生，你为什么要瞒着我？你不知道我们现在……”蔚蓝的情绪很饱满，隐忍中带着愤怒，愤怒中夹杂着心疼，“还是说，从头到尾都是我一厢情愿，你根本没有把我放在心上？”

酥酥的声音偏温柔，把人物心里的纠结展现得淋漓尽致：“我只是……不想让你担心我。”

“可是你不说我会更担心。”

“我错了。”

邢薇插嘴讲戏，现在陆明把陈生抱在怀里，语气温柔一些。

蔚蓝的声调降了下来：“难道到这时候，你还要跟我分得那么清楚吗？”

“嗯哼。”酥酥带着哭腔哼唧了两声。

“停，这条过了。”邢薇喊停。

“需要现场 pia 的还有几场？”酥酥突然问。

“邢薇看了看本子，还有两场，我们下次录吧。”邢薇说。

“今天录完不行吗？”酥酥问。

“你……你有事？”

“最近有点私人的事情要处理，剩下的干音我会尽快交给你。”

邢薇没多问，蔚蓝也没意见，于是把剩下的两场戏录完了。

酥酥匆忙地下了麦，都没来得及好好说再见。孟楚心里有些担忧，但是不好意思去 QQ 上烦他。

他私人的事？

到底是什么事情？

退出 YY，邢薇突然说：“我要结婚了。”

孟楚并不感到惊讶，她问：“什么时候？”

“明年秋天。”邢薇笑着说，“宋柯年说婚事是人生大事，不能着急，所以把日期定在了下半年。”

宋柯年真的是一个很体贴的人，他是考虑了很多人的想法，才做这个决定的。

首先他考虑的是邢薇，不想让办婚礼这件事情成为一种压迫她的存在，故意把时间定晚点，本意是给她充足的时间考虑。

其次是为了满足双方的长辈，给予其一颗定心丸，日子都定了，催婚就没有必要了。

他应该会对邢薇很好的，孟楚想。

“那你肯定要离开 S 市了吧？”孟楚偏过头问。

邢薇大方地搂住孟楚的肩膀：“当初如果不是方琳，我不可能认识你，就算我嫁去 A 市也什么都不会改变，如果你愿意，你可以和我一起去。”

孟楚若有所思地想了想，笑着拒绝：“不了，前两天我爸给我打电话了。”她顿了一下，“我……我准备回家了。”

邢薇睁大眼睛，小心翼翼地试探着问：“他们和好了？”

关于孟楚家里的事，邢薇一直都很清楚。

孟楚感叹道：“没有，是我自己想开了。”

邢薇好奇：“到底怎么回事？”

孟楚突然想起那天酥酥和自己说的那番知心话，算是一种安慰，也是一种鼓励。

其实这是她执拗导致的。

很多年后，当孟楚行走在春市的街道上，无意间听到一部广播剧，名字叫《白色物语》。

剧里面说：终有一天，要同世界言和的时候，才霍然发现，除了这副皮囊，我们一无所有。

第七章

边界

/ 我们有特别的关联，心贴很近距离很远，
以为走近你的世界，却发现触不到终点。/

1.

正值午休，沈冬生在食堂一边吃饭一边忙里偷闲看会儿日番，自工作后，除去周末录剧，没有太多的娱乐时间了。

有人靠近，一阵窸窸窣窣的声音，然后没了动静，沈冬生没有抬头，注意力都在自己的手机上。

是今年新出的漫画，他攒了一堆，都比较想看。

“你都多大了，还看这小孩子看的东西？”身边的人发出声音。

沈冬生夹菜的动作停了下来。

“你这么幼稚，你家里人知道吗？”身边的人轻笑一声。

沈冬生眼神暗了暗，抬起头，淡淡地瞟了一眼身边的人，他不认识这个人。沈冬生对这张脸还是有印象的，他是另一个部门的职员，很会说话的那种，前几次开会的时候总是能看到他主动发言。

“我吃饱了，你慢慢吃。”沈冬生关掉手机，扔下没吃几口的饭，起身离开了。

那人看着沈冬生的背影，无奈地耸了耸肩。

午休的办公室人不算多，领导在微信上交代一个任务，沈冬生饿着肚子工作。

电话响了。

“喂。”他没看来电显示，直接接了。

传来一个成熟女性的声音。

“冬生，这周末有没有时间啊？”沈涵问。

沈冬生闻言，握着鼠标的手松了松，眉头瞬间紧皱在一起。

“姐，我这周可能要加班。”沈冬生无奈道，“马上年底了，事情很多。”

沈涵更无奈：“姐问你，是工作重要，还是成家重要？”听筒里传来小女孩软糯的声音，沈涵把自家闺女的小手攥在手里，然后苦口婆心地对弟弟说，“你都奔三的人了，不早点结婚，爸妈怎么抱孙子啊？”

“姐，我才二十七岁。”沈冬生头疼，“我今年刚毕业。”

“那你读研究生的时候怎么就不知道搞个对象回家呢？现在工作之后就更难了知道吗？”

沈冬生听见小侄女在说话，于是想转移话题：“年年，想舅舅了吗？”

“想。”年年今年两岁，童声稚嫩，又软又细。

“你别想转移话题，昨天咱妈还给我打电话呢。”沈涵说，“这次那姑娘的照片我看到了，长得很不错，也是研究生毕业，在一所学校当老师，和你也有共同话题。”

“当老师怎么就和我有共同话题了？”

“你们俩都读过研啊，还能交流一下心路历程。”

沈冬生微不可察地叹了口气：“再说吧。”

沈涵急了：“不行，这次你一定要去见见。”

沈冬生失神地看着电脑屏幕，满屏的黑色五号字体密密麻麻排列。

挂断电话之前，沈涵依旧在提醒沈冬生要调出一点时间去相亲。

因为这通电话，本来顺畅的工作思路被打断，他揉了揉眉心，午后刺眼的阳光透过玻璃落到桌角。

沈冬生解锁手机屏幕，没来得及关掉的后台软件跳了出来，漫画人物定格在屏幕上。

不知怎的，刚刚那位同事的话就像利剑一样戳在了心上，隐隐作痛。

心情不佳，沈冬生请了假，没有去健身房，空荡的胃终于在日落西山之时不合时宜地响了起来。

中午就没吃什么东西，下午忙起来也想不起来自己是饿着肚子的，当他一个人孤寂地走回家，空荡荡的饿和空荡荡的孤独才开始席卷全身，渗透进每一个细胞。

他随便吃了点坚果，又沏了一壶红茶。

不想录剧，也不想直播，但是又不知道应该做什么，沈冬生随便翻看手机的时候发现自己有一个好久没有用的软件——ASK。

ASK 是陌生人互相提问的一个平台，在互不相识的情况下，可以畅所欲言，说出自己的烦恼，也许有的人的回答，能够解决你的烦恼。

这个世界上，有相同烦恼的人实在太多了。

当初他就是怀揣这种幼稚的想法，以为别人能够为他解决烦恼，于是注册了这个号，后来被很多粉丝发现，经年累积，他收到了一万多个问题。

那些喜欢他的人都在向他诉说自己的烦恼，有与室友之间的小矛盾，有即将面临毕业的大学生不知何去何从，有分手失恋后几近崩溃的伤心人寻求安慰，还有被现实打击的成年人发泄。

他回复了几条，不知不觉心情有点好了，但是问题太多了，没有办法一条一条地回复。最后灵光一现，他想到一个特别的办法。

2.

同时孟楚在忙剧本和小说收尾的事情，十分忙碌，虽然她一个自由职业者不存在年底赶工的事情，可是现在她每天都坐在电脑上敲敲打打，感觉比邢薇都忙。

微博有特别关注的消息提醒，孟楚从电脑屏幕前抬头，拿起手机看了一眼。酥酥的最新状态，是一个电台节目的链接，电台的名字叫《叨叨》。

孟楚轻笑，这个名字起得……的确很符合他戏精的属性。

她好奇地点了进去。

节目的背景音乐声很大，之后慢慢变小。

这时，他的声音透过音乐响起："大家好，为了保护世界和平，我们31522349大型娱乐交友平台，为大家推出了一个全新的节目《叨叨》，我是你们的好朋友糖姐，也是酥酥。"他操着专业的播音腔，让人有一种在听《新闻联播》的错觉。

"好了，说人话。"他用了另一种声线吐槽自己。

"啊，是这样的，因为在现场回答ASK有一定的难度，加上自己环境的原因，所以我选择用这样的方式来回答大家的问题，虽然干音的效果不是很好，很多心情还是想和大家分享，也非常感谢一路以来大家对我的支持。"他的声音听着很开心，"好的，那我们开始今天'叨叨叨叨哒'的第一期。"

"首先是第一条留言。前几天我去买面膜，导购姐姐说现在有人买面膜敷屁股，生活简直是太精彩了。"沈冬生声音有点嘶哑，他读完第一个问题后开始回答，"我是想说，好像有一部日剧里面的女主角就是买那种面膜敷在那种地方的，这个应该说很常见了吧。"他越说越不好意思，"啊，咱们一开始的这个话题就不太好，会被抓起来吧。"

孟楚"扑哧"笑了出来，耳机里酥酥的声音过于可爱，嘶哑的声线里带着浅笑。

一期会回答五到七个问题，每一个问题他都很认真地回答，孟楚突然发现，通过这个电台她可以更多地了解他。

比如他平时会关注什么、吃什么、有什么小习惯。

“好了，今天这个节目就到这里吧，我再这么嘚瑟，容易被人打死。”随着他说话的声音，背景音乐声也逐渐变大。

很符合他平时耍宝卖萌的选曲品位。

“早安喵，午安喵，晚安喵，喵喵喵……”

孟楚哭笑不得。

周六加班，下班的时候沈冬生接到了老妈的电话。

“儿子，你姐跟你说了没，你明天……”沈妈的声音略显聒噪。

“说了。”刚加完班，沈冬生有些疲累，声音也是有气无力的，“我明天会去的，下午两点，对吧？”

“对对对。”沈妈见儿子松口了，高兴地点头，“你明天给我穿得体面点，给人家姑娘留个好印象。”

“妈，你难道不担心其实是我相不中对方吗？”沈冬生问。他想要的婚姻不是父母强加拼凑起来的，而是顺其自然的情投意合的。他也明白，后者也许不存在。

他无数次告诉自己，告诉他的粉丝，故事是别人的，生活才是自己的，可现实生活中的他并没有自己所说的那般洒脱。

“儿子，我跟你说，爱情能当饭吃吗？找一个好姑娘踏踏实实过日子才是正确的选择。”沈妈劝说道。

沈冬生哑口无言，根本不知道该说些什么为自己争取一下。

“您放心，我会去的。”说完，他便挂断了电话，眼底的落寞，没人能懂。

冬夜寒霜不重，沈冬生看了一眼薄霜之上映照的清辉，有一丝丝凉意钻上心头。

他失神许久，直到有晚下班的人轻轻拍了一下他的肩头，他才回神。

“怎么还不走？”同事问。

“马上就走了。”沈冬生准备关掉电脑，这时 QQ 的提示音响了。

“我把剩下的两期剧本都发到你的邮箱里了，注意查收。”孟楚发来消息提醒。

沈冬生眼底有台灯映射出的微微暗沉的光影，他喉咙微微耸动了一下，然后回复道：“好的，我回家就查收。”

“你还没下班？”

“嗯，年底有点忙。”

孟楚问：“过节也要加班吗？”

沈冬生平时工作很忙，逢年过节的假期都不一定能休满。这是他研究生毕业的第一年，作为一个比普通大学生入世晚三年的人来说，他其实根本就是一个什么都不懂的新人。

“需要加班。”沈冬生回复。

孟楚正在思考还要说点什么，酥酥的消息又发过来了：“我最近都会很忙，所以以后应该会很少出现在网上了，不过我会继续录剧的，如果是你写的本子，我一定会毫不犹豫就接的。”

孟楚看完这句话，心中五味陈杂。

“谢谢你，我也希望你一切都好，不管是生活还是录剧。”最后她只能说这样一句话。

“嗯，你也是。”沈冬生敲完最后一句话，关掉电脑，离开了办公室。

孟楚看着灰色头像愣神了很久，最后轻声说了一句：“再见。”

虽然酥酥没说什么，可是她有种直觉，这也许会是他们之间最后的联系，她想说一句再见，以后有缘再见吧。

沈冬生见到宋嘉的第一眼，只觉得这个姑娘长得挺好看的，不过家人说得没错，两人都是读过研的人，也算有共同话题。他本来就是个不太喜欢主动说话的人，所以抓住了这个话题就一直聊，刚开始两人相处得还不错，可是时间长一点没有新话题出现，变得有些尴尬。

可是为了不让父母和姐姐失望，他还是很努力去接受和培养这样一段感情。

那天是平安夜。

双十二的余韵刚刚过去，街上大部分人不是为了购物而来，“单身汪”出来寻求一点热闹气氛，情侣在一个有点节日气氛的日子里约个会。

新天地门口装饰着一棵很大的圣诞树，细碎的装饰品为圣诞树装点出更多的色彩，商场外墙的LED屏幕播放的是最新的商品广告。

沈冬生和宋嘉并排走着。

“我们要不要去喝一杯咖啡？”宋嘉戴着一顶毛茸茸的白色帽子，歪着头看着沈冬生。

“好呀。”沈冬生干笑道。

这个时间的咖啡厅人不多，两人找了一个靠窗的位置坐下。

服务生过来点餐。

宋嘉说："两杯黑咖啡，不加奶，不加糖。"

服务生拿着菜单走了后，宋嘉才想起问对面的沈冬生："不好意思我忘记问你了，不过你相信我，黑咖啡真的好喝，而且消脂。"

沈冬生面色不改，很平淡地说了一声："没关系。"

咖啡的香味在空气中蔓延。

"昨天有一个孩子的家长来我们学校找老师，发生了点不愉快，我有时候想啊，现在老师和孩子相处真的好难，不能打不能骂，可是不管着，那些熊孩子又会变本加厉。"宋嘉抿了一口咖啡，啧啧摇头。

"现在都是独生子，父母都是宠着的，难免娇惯了点。"沈冬生喝了一口咖啡，眉头都紧皱在一起了。

太苦了。

他不懂咖啡，平常只会买一些三合一速溶咖啡备在办公室，偶尔冲一杯提神，这杯又苦又涩的东西，他一时有些喝不惯。

"是不是很好喝？"宋嘉笑嘻嘻地问。

沈冬生轻抿嘴唇，等口腔里的苦味散了一些才说："还行。"

"什么还行啊，就是很好喝啊。"宋嘉无奈道。

沈冬生默不作声地侧过头。

那天，宋嘉表白了，沈冬生用沉默回应，其实是默认了。

两家的长辈得知这个消息后，都很高兴，可是只有沈冬生知道，自己不开心，不过为了大家开心，他愿意委屈一些。

他和宋嘉的相处方式很平常，除了吃饭、看电影，也没有什么新的约会模式。

周末时，他偶尔会推辞宋嘉的邀请，躲在家里录剧。

宋嘉不懂广播剧，也不太喜欢，所以沈冬生都是挤出时间录音，有时宋嘉会生气，埋怨沈冬生宁愿录剧也不愿意陪她吃饭。

沈冬生无奈，只能解释一番，说已经与人约定好时间交干音，到了时间不能不给。宋嘉不是无理取闹之人，得了解释，这事也就过去了。

那天刚录完一期《叨叨》，他为了让自己下定决心，于是把 QQ 个性签名给改了。

3.

孟楚一边听《叨叨》，一边对小说进行收尾，这个故事拖了两个月，编辑就差拿着原子弹把她炸成碎末了。

电台里，酥酥正耍宝。

“接下来这个问题是小可爱问的，她问，酥酥，你有伴侣了吗？”声线转换拆哥音，“有啊，就是我啊。”然后，他立马转换成软萌音大叫，“你个死鬼。”

孟楚刚喝进去的一口红茶，“噗”的一声喷在了屏幕上，还好旁边放着抽纸，她手忙脚乱地把屏幕擦干净。

他什么时候这么放飞自我了？

刚平复情绪，就又听见他读下一个问题。

“糖姐糖姐，你喜欢什么样的女生？”酥酥明显思考了一下，“我喜欢温柔一点的女生，性格好一点的，合眼缘的，然后……让我想蹭一蹭的。”他说完把自己逗笑了，立马转换成软萌声线，撒娇道，“最重要的是要对我好的。”

你以为撸猫呢？还蹭一蹭？

邢薇打来电话，电台自动切断。

“怎么有时间给我打电话？”孟楚没有发现自己嘴角带有上扬的弧度，就连说话声也带着细微的笑意。

“你怎么这么开心？”邢薇正在吃加班补助的外卖，刚刚刷 QQ 的时候发现了一个惊天大消息，她惊诧地问，“难道你也知道了？”

孟楚不解：“我知道什么？”

邢薇“哎”了一声，然后解释道：“酥酥啊，他脱单了。”

晴空白日劈下一道惊天巨雷，也不如这个消息更让孟楚震撼了。

震撼之余，心房像是立刻被硫酸般的液体包裹，好好一颗心脏，瞬间变成一摊烂泥。

她连忙登上 QQ，鼠标点击那个动漫人物头像的时候，心里是紧张又酸涩的。

个性签名那一栏果然从空白的状态变成了一行字：“已脱单，谢谢大家。”

这是他的初恋吧，孟楚记得他说过他没有谈过恋爱，不知到底是怎样一个优秀的女生能够得到他的青睐。

孟楚闭上眼，心中酸涩的液体化作一股咸咸的液体顺着脸颊流了下来，尝到了微咸的苦味。

她在对话框里写“恭喜你”，然后又删除，再次写上，再次删除。

不知道反复了多少次。

“小楚，你怎么了？”邢薇喊，“你能听见我说话吗？”

“能听见。”孟楚抽泣了一声，带了轻微的鼻音。

眼眶中的酸涩彻底覆盖了她所有混沌的思想。

“我还以为你睡着了。”邢薇说。

“你说……”孟楚不知不觉地说，“你说……她到底是个什么样的人？”什么样的人会让酥酥喜欢上呢?

真是让人羡慕又嫉妒。

“你说什么呢？”邢薇被她弄蒙了，完全不知道她在说什么。

“我没事，先挂了。”孟楚挂了电话。

被来电打断的电台又自动继续播放。

“下面一条留言是，想听酥酥念红鲤鱼与绿鲤鱼与驴。”他故意清了清嗓子，然后认真地说，“红鲤鱼与绿鲤鱼与驴。”

孟楚默默地听着，然后轻声跟着说：“红鲤鱼与绿鲤鱼与驴。”

ASK 的注册真的很难，英文版更让孟楚头疼，域名也不是很会弄，后来她翻来覆去地弄了半天，总算翻过了这座大山。

停在提问框的时候，她竟然不知道自己应该问一些什么。

她想了想，有了一个大胆的决定。

她问：“酥酥，你好，我是一个写小说的，我很喜欢你，不知道是不是可以把你写进故事里。”她顿了一下，又写，“我能追你吗？希望你自己看到就行，千万不要录在《叨叨》里面。”

点了发送按键，孟楚的心才算平静一点。

放下手机，孟楚觉得自己很荒唐，现在的她就像想要抓住最后一根稻草的溺水之人。

4.

“啥玩意儿？”陈皮惊讶得连东北话都飙出来了。

“你说你一个纯血南方人，装什么东北老爷们。”邢薇说道。

“酥酥脱单了，哒姐知道吗？”陈皮吐了一口瓜子皮。

邢薇抬手拍了一下他脑袋，嗤笑道：“他们俩玩得那么好，沈京怎么可能不知道？”

“我问问。”陈皮摊开手掌向上。

邢薇垂下眼帘问：“干吗？”

“手机，我没有沈京的手机号。”陈皮说着就要上手伸进邢薇衣服兜里。

电话接通的“嘟嘟嘟”声被扬声器放大。

孟楚一直坐在旁边，一声不吭。

“小薇，干吗啊？哥现在忙着呢。”沈京正忙着明年早春的茶叶货单，“就这个吧，去年下来的普洱弄到今年春天的茶单上，那批茶已经压成饼了。”

“沈京，你知道那谁搞对象的事情了吗？”陈皮扯着嗓子叫唤。

“谁啊、谁啊？”沈京听不清，一个劲地问。

“就是酥酥。”邢薇也提高了音量。

这一声击中了孟楚的心脏，本来平静了几天的心情又难受，她默不作声地低下头打开自己的手机，点进那个叫ASK的软件——没有回复，已经过去一个星期了。

“你说什么？”沈京“炸”了。

“你不知道？”陈皮疑惑地问，“你不是三天两头和他见面吗？这么大的事竟然不知道？”

沈京叹了口气：“这不是年底了嘛，我们俩都忙，我好久没有去春市了，最近也没有通电话，我都不知道他竟然谈恋爱了，这可是那小子的初恋啊……”

孟楚下意识地抿了一下嘴，更难受了。

沈冬生和宋嘉分开后，一个人去了健身房。

年底了，健身房的人很少，他一个人锻炼起来都少了动力，只是随便练了练，就收拾东西离开了。

春市的气温已经零下，他穿着轻薄的黑色羽绒服，微微叹了一口气，白色的雾气缓缓上升，然后消失不见。

他走得很慢，一个人走在回家路上的感觉虽然孤寂，却很平静。

他站在一处街角，正在等红灯的时候，简单刷了两下微博，也不知道看什么，于是鬼使神差地打开了ASK。

提问接踵而至。

他按照提问的顺序看，第一条是一个星期前的。

“酥酥你好，我是一个写小说的，我很喜欢你，不知道是不是可以把你写进故事里。我能追你吗？希望你自己看到就行，千万不要录在《叨叨》里面。”

沈冬生的睫毛颤了颤，思考片刻，然后用提问的方式回答这个问题。

“你在哪儿呢？”刚录完最新一期的《叨叨》，沈冬生接到了沈京的电话。

“在家啊。”沈冬生说，“刚录完干音。”

“你最近不是不接新剧了吗？”

“录《叨叨》来着。”

“哦。”沈京若有所思地哼了一声，然后开口问，“你真谈恋爱了？”

沈冬生没想到他问得这么直白，不咸不淡地“嗯”了一声。

“家里介绍的？”沈京虽然与他相识于网络，不过两人自从见面后，一直都在联系，五年的时间不长不短，想要了解一个人足够了。

沈冬生这人不喜热闹，不会说话，除非特别熟，不然他一个人能坐在角落里不让人发现，与平时在网上活跃的“戏精”CV 酥酥判若两人。

正是因为沈冬生这种性格，所以他在女生面前常常是最不受注意的，有人说风华正茂的男孩子哪有没有交过女朋友的，可是他没有，让他主动着实太难了。

所以不难想象，如果不是家长逼着，沈冬生不会这么快就和一个只约过几次会的女生确定恋爱关系。

沈京问得很含蓄："是不是阿姨又催了？"

沈冬生依旧"嗯"了一声。

"对方做什么的？"

"老师。"

"长得漂亮吗？"

沈冬生手指敲着桌面上的玻璃茶壶，红茶的颜色已经褪去，淡红色的液体折射台灯散发出的光线。

宋嘉长得挺漂亮的，也比较合他的眼缘，但是他不明白怎么回事，和宋嘉交往的这段时间，总感觉不对味，他说不上来为什么，就是没有想象中的那么开心。

"挺好看的，等你有时间我给你介绍一下。"沈冬生怅然若失，说话间也失了神。

沈京也不再说什么，于是结束了话题，临挂电话时多嘴说了一句："冬生，你要一直开心啊。"

沈冬生轻轻"嗯"了一声。

5.

孟楚在打包行李。

虽然在S市生活了几年，但她的东西其实不多，带不走且不想要的东西直接扔掉，私人物品全部用快递寄回。收拾了一整个下午，她发现自己最多的是买了却没有拆封的书。

“你说你买这么多，也看不完。”刚打包好一箱子书的邢薇气喘吁吁地说。

“你不知道‘买书如山倒，看书如抽丝’的道理吗？”孟楚说。

“你知道还买？”邢薇不屑道。

孟楚抿了抿嘴角，笑着说：“我之前看过一个帖子，说买书算是一种慈善行为，我没有很多钱去做慈善，这是我唯一力所能及的事情了。”

邢薇没说话，继续打包。

两个人忙完已是傍晚。

这时，陈皮打来电话，于是三人去餐馆吃饭。

正值深冬，露天大排档都变成了室内大排档，可是烟火气不减。

陈皮一口气吹了好几瓶啤酒，邢薇也干了几杯，只有孟楚滴酒未沾，因为她凌晨的火车，宿醉对她来说并不是一件好事。

“几点的车？”陈皮抓着啤酒瓶略微伤感道。

孟楚垂下眼睛：“凌晨两点的。”

陈皮突然伤春悲秋起来：“你说你一个小姑娘单枪匹马地闯到陌生的城市，当时我特别欣赏你。小楚你看着柔弱，其实骨子里比谁都犟和坚强，也许这就是你们东北姑娘的特质吧。”

邢薇也眯着眼点点头：“我也这么觉得。”

“难得咱俩不谋而合，来，拍一个。”陈皮晃晃悠悠地伸出手掌，邢薇配合地拍了一下。

声儿还挺响。

“你们俩干吗呀？”孟楚扒开他们俩拍在一起的手，“又不是以后见不到了，弄那么伤感干啥？又不是演电视剧。”

陈皮搂过她的肩膀，突然哽咽起来：“哥这不是舍不得你嘛，以后见面的机会只会越来越少了。”

现实总是这样的，从我们相遇的那一刻开始，就注定要离别。

这一刻她想起了那个远在千里之外的人，他们还未真正相遇，却已经走向真正的殊途。

“我结婚的时候，你一定要来啊，小楚。”邢薇说。

“对，到时候我们兄弟姐妹三人再好好地喝一顿。”陈皮亢奋了一下。

“一言为定。”孟楚忍住心中酸涩，轻声说了一句。

春运是一件很可怕的事情。

孟楚在人群中用尽全力艰难前进。

车厢里闷且燥热，人又多，孟楚好不容易找到自己的座位，身上已经出了一层汗。

深夜两点的火车灯火通明，对面座位上的女人抱着孩子，偶尔拉住过来巡车的乘务员问卧铺票有没有剩余。

火车启动，夜幕倒退，车窗玻璃带着浅薄的雾气，远处有几处明火，因为距离很远，车行驶很久才彻底被越过去。

孟楚睡不着，于是开着手机网络刷微博，火车行驶过程中，网络很不稳定，新的页面需要刷新好几分钟才能刷出来。

这时一条微博特别关注的消息蹦了出来。

是系统自动为他总结的一条阳历生日的微博。

今天是1月28日，是他的生日。

孟楚失神地看了许久，直到有乘务人员推着售卖零食的车前来吆喝，才拉回她离家出走的灵魂。

“需要水吗？”乘务员推着车，停下来问。

孟楚没有抬头，低声说了一句：“不用了，谢谢。”

耳机里是酥酥最新录制的《叨叨》。

“下面一条留言是，糖姐，不和你同一个城市的可以追你吗？”

他一脸认真地回答：“可以。”

月亮以一种尖锐的弧度挂在夜空，不管火车怎么行驶，它都没有丝毫移动的迹象。

再过十几个小时，她就要踏上故乡的土地，可改变不了与他天各一方的事实。

她突然想起不久之前他翻唱的一首歌，歌词里面说：我们有特别的关联，心贴很近距离很远，以为走近你的世界，却发现触不到终点。

她处于他的边界，又近又远。

孟楚犹豫了很久还是没有打下那几个字，反而打开了许久没有打开的ASK。

“您有一条新提问。”

右上角的红色提示标志提醒着有一条未读的新提问。

“关于写我的事情还是算了吧，我不喜欢太引人注目。我不适合远距离恋爱，谢谢你的喜欢。”

绅士礼貌婉转地拒绝，孟楚看着看着，眼睛里便起了雾。

ASK 这个问答软件，被回复的问题就会被挂在问答墙上。

他给予她礼貌的回馈，但并没有让她的问题被挂在墙上让人看见，反而用提问的方式回答了她的问题。

孟楚的眼睛越来越酸，心口抑制不住地难受。

知道他脱单的时候，她没哭；一个人赶赴回家的路途，她没哭；父母每次闹着要离婚的时候，她也没哭。

可是因为他的回复，她哭了。

这是一种无声隐忍的哭，不会打扰别人，却硬生生在心上掏出一个空荡的洞，就如同当初他念过的那篇《高个子女人和她的矮丈夫》——那个洞，再也填不满了。

第八章

未完待续

/ 抹不去的时间留下的痕迹，
角落里充满了太多回忆，就像年华沉淀心底，
若风景全忘记，又怎么续写结局？ /

1.

今年北方的初秋比往年来得更早一些。S 市的秋天很短暂，基本不需要秋装。北方的秋天变化分明，孟楚回家后的一段时间里买了很多件卫衣和毛衣。

她正在收拾行李。挑挑拣拣之后，她发现除了几件贴身的衣物之外，唯一需要携带的便是电脑，码字几乎成了她的一种独处方式。

敲门声轻轻响起，孟楚抬起头往卧室门口望去。

母亲穿着一身棉质居家服，头发绾在后面，细细看去，眼角的痕迹越发明显，孟楚归家这半年多，父母之间的争吵明显少了很多。

也许是时间改变的。

“又要出去啊？”母亲的声音有些落寞，“这次要走多久？马上就国庆了，在家陪陪我们不行吗？”

年纪越大越会害怕，总希望孩子能够陪着自己，换句话说，生命在做减法，能多见一面是一面。

孟楚拉上行李箱的拉锁，然后搂过母亲，安慰说：“我只是去两天而已，我的好朋友要结婚了。”

是的，邢薇半个月前打电话给她，邀请她做伴娘，婚礼定在了国庆假期。孟楚拒绝了做伴娘的提议，但再三保证人一定会到。

“你哪个同学结婚啊？”上了年纪的人总是爱打听。

“不是同学，就是我在南方的时候和我一起生活的朋友。”孟楚说。

“那个叫薇什么的？”

孟楚点点头保证：“我很快就回家。”

A 市的车站人来人往，如同不断翻腾的河流，人潮不散。

孟楚拉着行李箱出了站台，一眼望去，钢筋铁骨的高耸建筑挡住了蓝天白云的美景。

“小楚！”远远地，一个熟悉的声音传来。

孟楚寻声望去。

陈皮穿着一身休闲灰色外套，头发干净整齐，在阳光的照耀下微微发亮。不过，这身装扮明显不是他平时的风格。

“你打扮得也太人模狗样了吧。”孟楚笑道，“不知道的还以为明天结婚的是你呢。”

陈皮笑着拍她："这么久不见，你怎么还这么皮？"

孟楚笑着摇头。

"走，我带你去，妹夫给我们准备了豪华房间。"陈皮主动拉过行李箱，拽着孟楚的手就要走。

"妹夫？"孟楚皱着眉疑问，"谁呀？"

"就是宋柯年啊。"陈皮笑。

孟楚心想，这人还真是自来熟，妹夫都叫上了。

"大半年不见，你过得怎么样啊？"陈皮一边拽着她一边说，顺手拦了一辆出租车。

孟楚说："还不错。你怎么不开车啊？"

陈皮不喜欢打车，即使出差也要租车或借车自己开。

"A 市车辆限号啊。"陈皮愤恨道。

孟楚看着窗外笑。这是她第一次来 A 市，这座城市太大了，装了太多人的梦想，所以装不下她的了。

车子停在一家豪华酒店前，陈皮贴心地帮孟楚提箱子。

一个单人间，无论是装饰还是硬件配置都堪称豪华，房间里还有淡淡的薰衣草香味。

邢薇给她发短信问她到没到。

孟楚坐在床边，一字一句地回复：

"到了，陈皮去车站接我了。"

"今天太忙了，没时间去找你，婚礼结束后，我们几个再好好地喝一杯。”

孟楚回复一句“嗯”后，便卸了货一样瘫软倒在雪白的床铺上。

房间里的灯偏暗，温暖和煦的光线让人觉得很舒服。

孟楚打开电台，一个小时之前，《叨叨》更新了。

《叨叨》这个节目已经持续更新了半年多，酥酥的剧依旧在更新，可是速度明显放缓，直播也因为一些不知名的原因停了。

自从他宣布脱单之后，两人本来不多的交集越来越少，孟楚得知他消息的渠道来自微博动态和更新的《叨叨》。

这仿佛成了她与他交流的一种独特的方式，他在说，而她在听。

《叨叨》里的他在说：“其实想一想，人生还是挺短暂的，我也是快三十岁的人了，假如我能活到九十岁的话，那么对于现在的我来说还有两个三十年，我到时候退休了，每个月能拿到退休金什么的也是很好的。”

孟楚听着他对未来的畅想，轻轻抿了一下干涩的嘴唇。

如果在他未来的两个三十年里，有她的参与那该多好啊……

她掏出自己随身记灵感的黑色皮质本子，在上面疾笔写道：“你说你今年三十岁了，假如可以活到九十岁的话，你还有两个三十岁，我不知道自己可以活多久，生死有命这件事我一向看得很开，但是活着的时候，我的确很想和你在一起。”

2.

婚礼在一家大型酒店举办，本来邢薇想在国外结婚，可是考虑到宋柯年的婚假短，还是选择了在国内举办婚礼。

酒店大堂金碧辉煌，红毯一直从大门延伸铺到婚礼会场宣誓的讲台处，两侧是为来访宾客准备的坐席。

孟楚和邢薇一早联系过了，她说直接会到婚礼现场。

陈皮坐在孟楚身边，一脸兴奋，要不是年龄不符，不知道的还以为是他嫁女儿呢。

“你能不能老实待会儿？”孟楚忍不住“吐槽”。

“我激动啊，太激动了！”陈皮为了表示他的激动心情，双手不住地搓膝盖，高档面料的西裤被搓出一道一道印子。

“别搓了。”孟楚简直没眼看，扒开陈皮的手。

突然，全场华灯熄灭，场上一阵惊呼的声音后，追光灯瞄准一处，邢薇身穿洁白的婚纱，挽着父亲的手腕，缓缓走来。

宋柯年在红毯的尽头被另一束追光照着，白色的西服泛着银色的光，修长的身材与剪裁合身的西装合二为一，然后与追光融为一体。

孟楚想，金童玉女不过如此了。

宣誓的时候，邢薇明显是有一些哽咽的。

“谢谢你，我会守护好我们的一生。”宋柯年缓缓道。

邢薇抹了一下眼睛：“我会对你好的。”

没有过多华丽的辞藻，只是一句谢谢和守护的承诺，却价值千金。

散场时，孟楚和陈皮待在原地没动，在会场里等着邢薇，刚刚敬完酒的邢薇和宋柯年去后台换了红色的礼服。

“想死我了，你怎么没有先去找我？”邢薇抱着孟楚。

“今天事情那么多，不想给你添麻烦，何况，我这不是过来了吗？”孟楚也紧紧抱着邢薇。

“说什么呢？”邢薇拍打她，“什么叫麻烦？你这回一定要在A市多待两天，我们好好聚聚。”

孟楚想起离开家时母亲的样子，一时之间有些为难，不过邢薇正极度兴奋，没太注意。

客人散场后，宋柯年单独开了一桌酒席。

沈京出差，飞机晚点，姗姗来迟，上来就自罚了三杯：“我刚从春市过来，本来想带着冬生的，可是他家里突然发生点急事，就没来。”

冬生是谁?

孟楚皱皱眉头，“春市”这个地名让她产生了一丝怀疑。

会是……他吗?

人逢喜事，情绪一高涨，酒桌上就没有情义可言。

沈京和陈皮达成统一战线，集中火力灌宋柯年。

“我跟你说，我今天真是贼……贼开心。”喝多了的陈皮瞬间化身东北老爷们。

“你开心什么，又……又不是你结婚。”沈京也喝多了，嘴瓢了好几次，手里的酒杯始终没放下。

宋柯年眯着眼睛打了一个酒嗝，转一下身趴在桌子上，不知道是睡了还是没睡。

邢薇把搭在椅子背上的外套披在宋柯年的身上。男人的侧脸棱角分明，麦色的肌肤被大厅明亮的吊灯照着，许是喝了酒，口有些干，他眯着眼不自觉地咽了一口口水，脖颈上那一处微微耸动的弧度竟然意外勾人。

邢薇眨了眨如羽翼的睫毛，不自然地转开了目光，没人注意到空气中有悄无声息变化的气流。恰好陈皮这时候借着酒意抒情，打断了邢薇心底冉冉升起的情感发酵。

“我们仨啊……嗝……大半年没见了，我真是怀念当初我们吃遍外滩那条街的时候啊。”陈皮表情复杂，看不出喜悲。

“是啊。”邢薇转过脸，“小楚这一回家，我们相聚的次数就变得越来越少了。”

“嗝……”沈京和陈皮同时打了一个酒嗝。沈京酒意上头，呵呵笑了起来。

“你们俩少喝点吧。”邢薇出言劝道。

沈京把邢薇伸过来的手扒拉开：“哎哎哎……今天哥高兴，你结婚是大事，我怎么能少喝呢？不尽兴可不行。”

沈京臭不要脸地把自己列入娘家人的队伍里。

邢薇感到自己的神经狠狠地抽了一下，一双手捂住脸，透过指缝看向坐在旁边的孟楚，有一种丢人丢到外婆家的痛心疾首之感。

好在这个时间其他宾客都走了，只剩他们一桌。

陈皮来劲了，拿着倒满的酒杯站起来就叫唤：“对，今儿个要是不喝趴下，谁都不许走。”

孟楚和邢薇不约而同地看了看已经睡着的宋柯年——这不是已经趴下一个了吗？

酒过三巡，陈皮和沈京抱着酒杯说胡话。

沈京睁不开眼睛，迷迷糊糊地说：“我……我今儿个真高兴啊。”

陈皮半睁着眼睛，吹着厚重的酒气：“对，高兴啊高兴……嗝……”

时间接近凌晨，酒店准备打烊，邢薇叫了车，几个人坐在一楼的大厅等出租车来接人。

“好不容易见一面，一定要多留几天，我带你好好在A市玩一玩。”邢薇握着孟楚的手语重心长道。

孟楚抬了抬眼皮，金秋十月，深夜气温偏低，邢薇穿着一身古典红色旗袍，头发绾在后面，用一支金钗固定，有说不清的柔情妩媚。

自打确定婚期后，邢薇便把工作转移到A市来，一边继续自己的事业，一边促进和宋柯年的交往。

“A市这么大，你别再把我弄丢了。”孟楚故意开着玩笑。

邢薇抿着红唇：“不是还有宋柯年嘛，我找不到，他找到就行。”

这话仔细一听，孟楚咂摸出一点不一样的味道，邢薇这人做事雷厉风行，无论是工作还是生活都很少依赖别人，如今她却开始有了依赖宋柯年的倾向。

“姐，你觉得幸福吗？”孟楚突然问出这样一个问题。

遵从了父母的心愿，你幸福吗？

开始一段婚姻，你幸福吗？

邢薇眼睛渐渐模糊，像是覆上一层黑色，就连灯光也照不进去，她侧过头看着闭着眼睛睡着了的宋柯年。

良久，孟楚以为她不会回答的时候，她浅浅说了一句："值得就行。"

只要值得，就一定会幸福。

车来得有点晚，陈皮和沈京是被孟楚以及两个酒店服务员强拉硬拽走的。邢薇扶着迷糊的宋柯年也走了，临分别时还不忘交代孟楚看好这两个醉鬼，千万别出什么乱子。

孟楚应下，然后交代司机师傅开车。

A 市和 S 市一样，都有不眠夜。

路灯永远会在黑暗落下时亮起，穿梭在灯红酒绿中的"怪兽"会在人们进入睡梦后渐渐苏醒。

陈皮已进入深度睡眠，打鼾简直震天响，惹得驾驶室的司机师傅透过后视镜频频往后看。

孟楚不好意思地向司机师傅挥挥手，然后转过头狠狠地瞪了一眼已经和周公打牌的某人。

沈京坐在后座正中央，为了方便照顾两个醉鬼，孟楚也坐在后座，两个大男人身材高大，孟楚再怎么往车门方向靠，还是感觉有些拥挤。

沈京睡眼惺忪地往窗外看了看，然后瞟到坐在旁边的孟楚，一时之间有一些尴尬，毕竟两人不算熟络。

"你醒了？"孟楚先开口询问。

沈京尴尬地咳嗽了一声，然后摆正自己往孟楚那边倾斜的身体，不自然地哼了一声。

“要喝水吗？”孟楚偏过头问他。

“嗯。”沈京应声，恰好这时手机振动声打破了两人之间僵硬的气氛。

是微信的语音消息。

“没喝多吧，现在在哪儿呢？”

孟楚眼睛看向窗外，这个熟悉的声音一响起，她就知道是谁。

她看着窗外，注意力却在车里。

是他。

是酥酥的声音。

“我刚从酒店出来，正在往住的地方去。”沈京按着手机的语音键说。

“嗖”的一声，语音发过去了，孟楚清晰地感受到心脏伴随着这一声紧紧地缩在了一起。

“你控制点，别喝太多了。”酥酥交代沈京。

沈京窃笑一声，回复道：“知道了，婆婆妈妈的。”

两人结束了对话。孟楚不自然地瞄到沈京手机上备注为“冬生”的两个字上。

这是他的名字吗？孟楚默默地想。

沈京放下手机，揉了揉隐隐作痛的眉心，这才注意到孟楚一直在旁边注意着自己。

“那个……你认识的……就是……”也许是因为不太熟，沈京面对孟楚总是有点尴尬，不知道自己要不要据实相告。毕竟……孟楚也算半个圈内人。

“是酥酥对吗？”孟楚轻声打断他。

沈京干笑两声：“嗯……就是那小子。”

孟楚嘴唇嚅动着，想问什么，可是又犹豫。

清爽的风透过车窗钻进来，吹动了孟楚披在肩上的发丝，有什么东西在心房的土壤上生根发芽。

安置了睡如死猪一般的陈皮，沈京和孟楚一起离开。

沈京到达 A 市时比较晚，这个时间只能就近在陈皮和孟楚住宿的酒店里临时开一间房，孟楚陪他办好入住手续。两人同住一层，出了电梯，往各自的房间走。

这时，孟楚忍不住开口：“沈京。”

沈京诧异地转过身，面对她。

孟楚走近几步，拉进距离，郑重道：“我保证今天我们之间的谈话不会透露给别人。”

沈京皱着眉，一脸疑问地看着孟楚。

“所以……”孟楚深吸一口气，下定决心般问出口，“我想知道他叫什么名字，你能告诉我吗？”

沈京眉头一跳，平常有些迟钝的他，不知道为什么这一刻敏感地察觉到孟楚说的“他”其实是谁。

“你……”沈京犹豫着。

“其他的我不想说，但是我向你保证，我不会向任何人透露今日你告诉我的一切。”孟楚垂下眼帘。

走廊铺着枣红色的地毯，暗淡的灯光把周围的环境渲染得暧昧又迷离。

良久的沉寂。

孟楚失落地垂下嘴角，刚想转身离开，就听到了他的名字。

沈京说：“他叫沈冬生。”

3.

邢薇的婚礼后，一行人分成三路。

一是宋柯年和邢薇这对新婚夫妇，手牵手去厦门度婚假。

二是孟楚和沈京两只“单身汪”，各回各家，各找各妈。

剩下的是最苦兮兮的陈皮，刚回S市没几天，就坐了冷板凳。

秦琮好几天没回复他消息，他找不到人，自然有点埋怨想“吐槽”。

“他现在连QQ都不回我了，你们俩说，气不气人？气不气人？你就说气不气人！”陈皮在“三人行”的微信聊天群开通语音视频，絮絮叨叨地抱怨。

这是邢薇建的群，为了方便三个人沟通。

“人家可能工作忙啊。”孟楚一边码着字，一边漫不经心地应着陈皮。

“不对。”陈皮立马咋呼起来，“他一人民教师，在这普天同庆的日子里，怎么可能会忙？学生都放假了，他不可能不放假啊，他既然放假了，怎么不回我消息呢？他是不是故意的？你怎么看？”

孟楚停下码字的手，掏了掏耳朵。

陈皮发现视频上没什么动静，于是对着手机叫道："你们到底有没有听到我说话啊？"

孟楚吓了一跳，连忙回应："听到了、听到了。"

孟楚看着视频里的陈皮，图像有些失真，由于网络不太稳定，画面偶尔会卡顿。

她轻微叹了口气，不知道怎么劝，只能听他大倒苦水。

关掉视频后，孟楚愣愣地看着电脑上的文档，久久不能回神，她完全没有心思写下去了，索性关了电脑。

这时，母亲给她送来一杯热乎乎的牛奶。

"不管你多喜欢看书写字，也要注意身体啊。"母亲说。

"妈，你当初后悔让我一个人出去吗？"孟楚摸着母亲的手，柔声问道。

那时孟楚不过二十出头，单枪匹马地南下，父母即使心有不忍，也无法阻止。

"没有什么后悔不后悔，为人母亲，当然希望女儿能常在身边，但我知道你要强，不甘心在家乡这样的小地方生活，只要是你喜欢的，想做什么就去做吧。"母亲说。

孟楚弯弯嘴角："谢谢妈。"

"喝完牛奶就早点睡吧。"母亲交代完就离开了。

孟楚看着母亲的背影，突然心生一些感慨。

不是所有人都像她一样幸运，可以随心所欲地生活。

比如陈皮。

比如邢薇。

比如他。

“沈冬生”这三个字被孟楚轻声念了一遍又一遍，怎么都不够。

她打开之前的直播，开始回放。

那是很平常的一次直播，不知怎的突然聊起了他自己的生活方式。

“我这人吧，缺少安全感，可能是小时候经常转学的原因吧，还没有交到朋友就又要到一个新环境里，久而久之，我每到一个新的地方都不会认真地打量，也不会好奇，毕竟又会离开。

“我高中的时候本来是想学文科的，可是父母不支持，我就学了理科。大学快毕业的时候，我觉得自己的专业可能不会找到太对口的工作，于是考了研。”

他顿了一下又说：“小时候我的梦想是做记者，但是没能实现。我的生活其实是循规蹈矩的，没什么意外，也没什么惊喜，所以我有时候会偷偷关注我喜欢的人，学习他们的生活方式，也会很羡慕他们。”

这次的直播没有故意搞笑，他不知不觉说了很多隐藏许久的心情。

孟楚扯下耳机。

不知为何，她忽然想到一句话：因为听话，我们丧失了主宰自己人生的勇气。

4.

秦琮主动联系了陈皮。

陈皮差点“炸掉”，端着手机，手指颤抖到不会打字了。

“你可出现了，我还打算去公安局报警找人了呢。”陈皮快速打下一行字发送过去。

“我没事，家里有点事，所以最近没怎么上网。”秦琮躲在黑漆漆的房间里，屏幕发出的白色亮光映亮了他半边瘀青的脸。

这是不久之前被他父亲打的。

秦琮住在学校的教师职工宿舍里，自从上次陈皮提出见面的请求之后，他心里一直乱得很。

上周末，秦琮回家看了一趟父母，手机落在了家里忘记拿回来，今天父亲特意跑来学校给他送手机。

当时，父亲沉着脸，浑身散发着森森寒意。秦琮心里隐约预感有事发生，但是没问。

父亲把手机递给他，然后交代他晚上必须回家一趟。

秦琮没问原因，只能听从。

晚上他特意打车回家，一进门，还来不及反应，一个重重的巴掌就落在了脸上。

疼痛后是麻木。

应该肿了。他想。

“好好说话，干吗动手啊？”母亲在一旁拦着。

“我好好说话不行吗，他能听吗？”父亲愤恨道，“以后你要是再让我发现你玩那些不三不四的东西，我就把你关在家里。”

秦琮脑子炸了，如被雷劈。

“爸。”秦琮艰难地开口。

“你别叫我。”秦父怒道。

“爸，你听我解释。”秦琮扯着嘴角，痛感开始撕裂他。

“还有，你那些什么人的联系方式也都给我删了，你上网我不管你，但是你玩的都是一些不入流的东西。”

秦琮估计父亲是听到自己电脑里的那些干音了。

那些剧情太过刺激，秦父这种传统封建的人根本接受不了。

“爸，我除了工作，难道还不能有一些自己的兴趣吗？”

“你那叫什么兴趣？”秦父反问，“就是录那些不堪入耳的东西吗？”

秦琮垂下眼眸，没动。

他突然一点也不想反驳了。

秦母开口劝道：“你先别和你爸犟，你先回去，等你爸消气再说。”

秦琮动作缓慢，离开的步子在门口顿了一下。

父亲背对着他，好似不想再看他一眼。他极力掩住喉咙中的酸涩，最终踏出了家门。

“你到底怎么了？”微信语音里，陈皮很是关心，瞬间把秦琮从短暂的回忆里叫醒。

秦琮湿润的眼睛被手机屏幕发出的白光映衬得发亮，他努力吸了一下鼻子，故作轻松地说：“我真的没事，你能不能不要每天都那么疑神疑鬼的？”

好一会儿没有动静，秦琮以为陈皮有事，就准备去卫生间处理一下伤口，这时微信页面上突然发起了语音通话，秦琮不确定地在屏幕上点了点，接通了。

这是两人第一次通话。

“喂？”陈皮试探性地问了一句。

良久，秦琮开口：“我在呢。”

陈皮失望地耷拉着眼皮，一时之间竟然不知道该说点什么，只感觉心口胀胀的。

“那没事……没事的话我就先挂了，你也早点睡。”陈皮说。

秦琮于心不忍，叫住他：“陈皮。”

“啊？”

“晚安。”秦琮轻轻说。

陈皮心情好了一点，也轻声说了句“晚安”，挂掉电话。

整个房间空荡荡的，只有黑暗和寂静。

秦琮坐在角落里，怅然若失，回想这一天发生的种种，仿佛是一场虚无的梦。

他和陈皮，就现在这样，也挺好。

月光攀爬在窗边一角。

这个世界，总是这样的现实又美好。

5.

年底，东北的气温可以把人冻僵。孟楚穿着厚厚的羽绒服，即使超市的暖气给得很足，她也没有脱掉，推着车跟在母亲身后。

“我们去买点肉，过年可以炸一些丸子，正好还可以做肉馅，今年想吃什么馅的饺子？”母亲在琳琅满目的生肉区打量，时不时侧过头和孟楚交谈，后者戴着白色的耳机，一脸认真地在听着什么，完全没有要回应的意思。

“听什么呢？”母亲扯下她的耳机，惹得她吃了一惊，像是害怕泄露什么秘密，连忙把耳机抢了回来。

“没……没什么！”她气息不稳。

耳机里的正是酥酥的电台节目。

不知为什么，他最近无论是微博还是直播动态都越来越少，她只能听着往期的电台节目来消遣。

估计是……忙着谈恋爱，没有什么时间了吧。

前几天和邢薇聊天的时候，邢薇说有一部新的广播剧想向酥酥约剧，结果酥酥拒绝了。

孟楚心里有种说不清的滋味，不是吃醋，因为她没那个资格，也不是羡慕，因为如果他幸福她也会觉得开心。

所以……那到底是什么呢？

是害怕他会退出网配圈，然后从此失去他的消息吗？

眼前有晃动的双手，是母亲在叫她。

孟楚猛地回神。

“想什么呢，这孩子，一天天跟失了魂一样。”母亲问道。

孟楚干笑两声：“没想什么。”然后转移话题，“妈，我想吃三鲜馅饺子。”

又是一年除夕。由于近几年空气污染严重，很多地方明令禁止燃放爆竹。

少了声响的除夕夜实在是少了很多年味。

也许……是因为长大了，再也不会随随便便因为一件事情而那么开心了。

归乡一年，孟楚的创作动力越来越弱，看着空白的文档，几乎没有敲键盘的欲望。

耳机里在放他唱的歌。

这些歌不是他翻唱的就是他主役广播剧里面的ED（片尾曲），孟楚几乎听前奏就知道是什么歌。

正好唱到《未完待续》这一首。

企鹅头像在晃动，是编辑发来表情包，催稿专用。

孟楚叹了口气回复：“你还是人吗？今天是除夕夜，你放过我吧。”

编辑发了一个龇牙的表情，然后说：“别爹毛嘛，我就是想问问你下个故事题材想好了吗。”

“我说还没有，你会杀了我吗？”孟楚破罐子破摔，大过年都不消停，她也没有必要留情面了，最好此生不复相见。

“别这么说嘛。”隔着屏幕，孟楚都能感受到编辑谄媚做作的表情，“我们是相爱相杀的关系，这个时候我是爱你的，请相信我哈。”

鬼才信你。

耳机里的歌还没有结束。

抹不去的时间留下的痕迹，角落里充满了太多回忆……

歌词写得太过应景，酸涩几乎一瞬间蜂拥而至，弥漫在眼睛里。

只要一想到他余生已有佳人相伴，孟楚就会想起认识他后的种种，从最开始的触动，到每个不经意的心动，两人交心讨论剧本，还有那日日夜夜都陪伴她的声音。

就像年华沉淀心底，若风景全忘记，又怎么续写结局？

歌词触动她的心弦，她想，现实写不了的结局，就让她来写吧。

“我想写一个关于配音的故事。”孟楚敲下一行字发到对话框里。

“好呀。”编辑兴奋道，“你想好了？”

孟楚没回答，默默地想：没想好，但是，她知道，这个故事里一定有他。

“我写完大纲再给你看吧。”孟楚突然很想做一件事情，非常想，

“在写这个故事之前，我要去一个地方。”

“去哪儿？”编辑问。

此时不知是谁家偷偷燃放爆竹，礼炮的声响在天空炸裂，有余声震耳的细微酥麻感，掩盖住了动听的音乐。

此生既已无缘，就当满足自己最后一个心愿。

孟楚微翘着嘴角，打下“秘密”两个字就关掉了对话框。

春节还没有过完，孟楚开始收拾行李准备离开，她订了一个星期后离开的车票。

“怎么好好的又要走啊？”母亲耷拉着嘴角，一点也不高兴。

孟楚看见母亲失落的模样，倾过身体抱住她，轻声轻语地哄劝：“我在家憋久了，想出去玩一玩。”

母亲很是不满：“什么时候不能出去玩啊，非要选在大正月，年还没过完呢。”

孟楚像小孩子一般蹭了蹭母亲的胸膛：“你闺女闲不住嘛，何况我要出去采采风，才能写出更好的故事呀。”

这个理由勉强说得过去，母亲舒展了眉头，掐了掐孟楚的脸蛋，交代道：“别太野了，有什么事记得给家里打电话。”

“嗯嗯，一定。”孟楚点头撒娇，“还是妈妈最好了。”

母亲哭笑不得：“臭屁。”

火车上人头攒动，穿着制服的乘务员推着商品车吆喝，孟楚坐在靠窗的位置上，她喜欢坐在人多的硬座车厢里，许是职业使然，她喜欢观察人。

抱着孩子哄劝的妇人，挤在车门处席地而睡的旅人，正在吃泡面的年轻人，打牌消遣时光的中年人。

生活多姿多彩，需要用眼睛去发现，用心去感受。

孟楚打量了一圈之后，把目光投到车窗外，飞速倒退的风景迷乱了眼睛。

只有几个小时的车程，对常年坐长途车的她来说，根本不值得一提。

耳机里唱的还是那首歌。

《未完待续》。

抹不去的时间留下的痕迹，角落里充满了太多回忆，就像年华沉淀心底，若风景全忘记，又怎么续写结局？

这趟列车的目的地是远在557公里之外他所居住的城市，它有个很好听的名字——春市。

第九章

三十而遇

/ 若许愿足够用力，能打动时间看望过去。/

1.

四月，春市的京桃进入花期，街道两边是长长淡粉色的轨迹。

这是孟楚来到春市的第四个月。

春市有个很美的名字，叫“北国春城”。

暖阳从街头一路洒到街尾，她一个人坐在咖啡厅露天的位置上，拿起桌子上的单反相机随手拍了一张照片。

她觉得这张照片如果配上他念诗的声音，一定很般配。

一身诗意千寻瀑。

你是人间四月天。

她喜欢把这句话里原本的“万古”两个字换成“你是”，那是一种对某一个人单独诉说的情感。

“喂。”电话响了很多次，她才后知后觉地接通。

“最近怎么样？”邢薇问她。

“还不错。”孟楚打量着自己刚刚拍的照片，关于他的声音就像一种意识流的自由而发，流到了自己的心底。

“你真打算在那儿定居了？”邢薇问。

“还不知道。”孟楚放下相机，端起咖啡抿了一口，苦涩的味道开始在口腔中蔓延。

她离开自己生活多年的城市，决定来到春市。她是地道的北方人，所以对于这个同样处于北方的城市一点也不陌生。

她突然想起那年他说过的话：对于一个东北人来说，只要过了山海关就都属于南方。

当时他说得无赖又坚定，她竟反驳不了。

花香随着淡淡风吹散在城市的角落。

孟楚看着这个他生活了十年的城市，突然有一股酸涩袭上心头。

她轻轻叹了口气，然后对邢薇说：“也许会，也许不会。”

她给了自己两年的时间，依旧没有放下，殊不知到底是命还是劫。

挂了电话，孟楚收拾好东西，翻出一个黑色皮质本子。

她是个自由作家，每天的工作就是写故事。她没有写日记的习惯，但是会随时记录一些自己偶尔在脑海里冒出的东西。

她坐在暖阳下。

一页又一页地翻着。

耳机里是熟悉的歌曲。

她以前从来不喜欢古风歌曲，因为无意中听见那次他翻唱的一首《双抛桥》，从此开始无法自拔地迷恋上了古风歌曲。

有几片花瓣垂落在纸张上。

耳机里，他正在唱着。

若随风往事不随风，

它偶然飘落入梦中，

前尘多少往事曾翻涌，

那夜霜重露正浓……

往事随风，却吹不散心头一腔挚爱，时间流逝，爱过的痕迹依然在心中。

她手顿了一下。

纸张上密密麻麻的黑色字，是她曾经写下喜欢的证据。

那年，她写下——

你说你三十岁了，假如可以活到九十岁，还有两个三十年，我不知道自己可以活多久，我对生死有命这件事情一向看得很开，但是活着的时候，我的确很想和你在一起。

目光往下流连一次，回忆就重一分，孟楚眼中的酸意几乎忍不住。

她写道——

这一年最后的时间，二十三岁最后倒计时，我喜欢上一个根本不可能的人，做了人生第一次勇敢的告白，也许所有人都觉得我疯了，只有我自己知道，我很喜欢他，很爱他，不止是因为他的声音，还因为我与他相似的灵魂。

沈冬生，我喜欢你，特此纪念，永远遗忘。

孟楚在红旗路找了许久，才找到那家日式拉面店“野郎”。

店面不算大，是日式居酒屋的装修风格。孟楚掀起窗帘走进去，点了一碗拉面，找了一个不太显眼的位置坐下。

这家店的客流量很大，服务员一直在忙碌。厨房是开放式的，可以看到师傅正在煮面，另一个人为刚装碗的拉面装点葱花和配菜。

拉面上桌。她先喝了一口面汤，很清淡的汤，味道淡淡的，却唇齿留香。

不久前，沈冬生在微博上晒了好几次这家拉面店，对这家店赞不绝口。

孟楚查了一下，发现这家拉面店目前只在春市开了一家。

“一碗日式拉面。”有人点餐。

听到这个声音，孟楚顿住了，迟了两秒才回头，却没有看见点餐的人。

这声音太过熟悉……

她环顾四周，最后收回目光，专心吃面。

汤汁越清甜，她眼里就越酸涩。

因为她可悲地发现，除了他的声音，她无法在茫茫人海中认出他来。

2.

农历二月一过，春节的余味彻底消失，沈京坐上去往春市的飞机，刚落地，他便在机场大厅看见了熟悉的身影——沈冬生穿着黑色的羽绒服，头发貌似刚刚剪过，黑色的发梢很是整齐，衬得整个人干净清爽。

“今儿个怎么这么好，有时间来接我。”沈京走来，搂住沈冬生的肩膀，“不用陪女朋友啊？”沈京略带玩笑地说。

沈冬生脸色一沉，嗓音略微沙哑：“我和宋嘉分手了。”

沈京以为自己听错了，收回手臂，捂着额头难以置信地说：“你说什么玩意儿？是你提的还是她提的？”

沈冬生侧过头，显然说不出口。

沈京也不逼问，只是再次搂着他的肩膀，叹了口气说：“走，哥请你喝酒去。”

沈冬生常年独居，姐姐早已成家，父母住在乡下，偶尔才会过来探望儿子。房子是两室一厅，他平常除了工作，独处时最喜欢的就是录剧和收拾屋子。

沈京看着锃亮的地板，忍不住“啧啧”感叹：“你要是个女的，我肯定把你娶回家。”

沈冬生踹了他一脚，笑骂道：“滚。”

两人光着脚丫子坐在地板上撸串喝酒。

沈京举着绿色的酒瓶子和沈冬生手里的酒瓶子撞了一下，喝了一口啤酒才敢旧事重提：“哎，跟哥说说，你和宋嘉两个人到底是怎么回事啊？”

沈冬生垂着眼帘，仰头吹干了一瓶啤酒。

“你慢点喝。”沈京见状，忙着提醒。

打了一个重重的酒嗝之后，沈冬生嘶哑的声音悠悠响起：“是她提的分手，家里也知道了。”

说完，他低下了头。

“阿姨怎么说的？”沈京提了一个很敏感的问题。

当初沈冬生答应和宋嘉交往，大部分的原因是家里逼的，他年纪逐年增长，到了男大当婚的时候，严格来说，其实这段恋爱开始得很勉强。

不过，勉强归勉强，为了父母，为了宋嘉，沈冬生改变了很多，不仅学会了主动，还减少了录剧次数，就是希望能够有一个好的结果。

可是到头来，还是……

“能怎么说啊，我妈说我没把人家姑娘照顾好，她到手的儿媳妇又飞了呗。”沈冬生自嘲。

沈京没说话，这种事儿外人不好插嘴。

“可能就是我们不适合吧。”浸过酒的嗓子越发嘶哑，“不管多么包容和迁就，不适合就是不适合。”

不久之前，宋嘉约沈冬生出来见面，提出了分手。沈冬生不太理解，也没有询问原因，一直沉默地坐着。

宋嘉突然淡淡地笑了一下，然后悠悠道：“你总是这样，永远不会特别关心我，就连我提出分手，你都不问原因。”

沈冬生继续静默地坐着，淡淡地看了一眼对面的宋嘉。

“沈冬生，我们不合适。”这是那天宋嘉说的最后一句话。

沈冬生一边工作一边流鼻涕，抽纸已经见了底。

倒春寒来袭，风很大，沈冬生在公交车站足足等了半个小时，公交车才姗姗来迟。

感冒难受，再加上天气不好，沈冬生放弃了去健身房的计划。

平常这个时间他不去健身房的话，会和宋嘉一起吃个饭或者看个电影，再不济也会跟她通个视频电话。他努力维系这段感情，甚至牺牲了很多自己录剧的时间。

他打开电脑，鬼使神差般点入了直播软件。

短短一分钟之后，直播间的听众就破了一千。

这种久违的感觉，让他心酸。

孟楚以为自己看错了，直播的提醒消息阔别已久再次出现在她的手机上，有种陈年旧事再度被风扬起的错觉。

她点进直播间，沈冬生正在和粉丝闲聊。

他的声音还是那样好听，她百听不厌。

公屏上都炸了，好多人在问酥酥是不是回归了，以后还会直播吗等等问题。

“以后我就周一周三还有周五直播吧。”他说，“可以和大家聊一聊最近都发生了什么趣事。”

公屏上刷鲜花无数，快要溢出屏幕。

“大家有什么喜欢的直播内容可以跟我提，读故事或者玩游戏都可以。”他立马切换成软绵绵的撒娇声线，“好啦，那我们现在先回答一下问题吧。”

最后的一点时间，有人提出想听酥酥来一段随便哪部剧中的深情独白，酥酥同意了。

“我在梦里偷偷尝过他的茶水，味道很苦，苦得逼真，就像二十来岁的相遇，充满懵懂和迷茫，年轻的感情，固然甜蜜，却像快餐，吃完之后，回味全是涩感和遗憾。我忽然感到庆幸，虽然是迟来的相遇，让我错过了他的艰辛，却保全了我们的爱情。也许每件事情都有它自由成长的时间，相遇也一样，我在快三十岁才爱上喝茶，可以想象，一杯好茶，若是端到二十岁爱喝咖啡的我手上，也许我会忍受不了这苦而尝不到余味中的清香。”

听完后，有粉丝感慨了一下，然后问道：“酥酥，你相信‘三十而遇’吗？”

酥酥陷入了沉思。

孟楚感觉自己的呼吸都紧促了些。

“你相信‘三十而遇’吗？”他重复念了一次，然后苦涩地自嘲道，“我不相信，早干吗去了。”

那一刻，孟楚的心脏仿佛被一双粗糙的大手揪得生疼。

“好啦，今天的直播就到这儿吧，祝大家晚……”他话还没说完就切断了直播。

孟楚看着熄屏的手机，心里五味陈杂。

3.

宋柯年和邢薇正在分房睡。

这个事实让陈皮和沈京两人惊掉了下巴，孟楚倒是很平静。

“你早就知道了？”陈皮和沈京同时看向太过淡定的孟楚。

“不知道啊。”孟楚耸耸肩。

“哼！”两人异口同声。

“宋柯年那家伙该不是……”陈皮向来口无遮拦。

沈京笑骂：“你知道什么。”

邢薇同时给他们两个一记大白眼，懒得搭理他们。

这次四人聚在A市，是邢薇组织的。她说圈里这几个特别熟的人需要出来聚聚联络一下感情了，尤其是孟楚，自从去了春市，变得很难联系。

沈京瞪大了眼睛:“啥,你现在住在春市啊,那你去见冬生了没有?冬生在春市啊。”

陈皮一时没反应过来,傻了吧唧地问:“冬生是谁?”

“就是酥酥嘛。”沈京解释。

“糖姐原来在春市啊。”陈皮发现新大陆似的。

孟楚坐在一旁没吭声,上次邢薇婚礼之后,沈京和孟楚变得熟络起来。

“还没见过。”孟楚淡淡地说。或者说,是没有理由见面吧,他们连朋友都算不上。

“你在春市有任何事都可以找他,就说是我说的。”沈京拍拍自己的胸脯。

沈京不是傻子,上次酒店的事情之后,他就猜到了孟楚的心思,而如今孟楚又只身生活在春市,原因不明而喻。

沈京一般不理会人家乱七八糟的感情事,他嫌麻烦,可是沈冬生如今分了手,孟楚也是痴心一片,他不禁想,也许这两个人可以有个好结果。

孟楚笑着道谢。

手机铃声不合时宜地切入这场欢笑之间。

是沈京的手机响了。

他接通电话:“冬生啊,你干啥呢?”

孟楚抬起眼睛。

“我？”沈京看了看孟楚，又看了看在轻声细语讨论着什么的陈皮和邢薇，然后说，“我在A市啊，正好和小薇他们在一起，你要不要来？”随后沈京像是想起什么，“孟楚也在一块呢，她现在也住在春市，你俩有空还能见见。”

孟楚觉得自己的心都要破膛而出了。

对方明显是问了什么，孟楚听见沈京笑着说：“就是小楚啊，你们俩还在YY上见过呢。”

沈京点头：“行，那回头见吧。”说完最后一句话他就挂断了电话。

“糖姐说他来吗？”陈皮问。

沈京说：“来不了，工作忙。”

“哎？”陈皮突然想起点什么，“糖姐有对象了吧，我记得。”

邢薇也好奇：“我也知道这事，他还在QQ上昭告天下来着。怎么样，对方是个什么样的人？长得好看吗？”

孟楚不想参与这个话题，这让她感到有些羞愧，心里对沈冬生的惦念，都成了原罪。

“还行吧。”沈京就见过宋嘉一面，现在基本想不起来她的模样了，他顿了一下，然后看了一眼正低着头不说话的孟楚，“但是冬生已经和她分开了。”

邢薇和陈皮的嘴都张成“〇”形。

孟楚本来垂下的眼帘瞬间抬起，那眼神里有疑惑、有怜惜，还有许多说不清也道不明的复杂情绪，没人可以读懂，包括她自己。

“具体原因我也不知道，也许就是两个人不适合吧。”沈京想起那天沈冬生喝醉时说的话。

两个人恋爱，不适合是最荒唐又合理的理由。

这一刻，孟楚心里的迷雾渐渐散去，变得清晰明朗。

4.

那晚孟楚睡在了邢薇家。

陈皮和沈京找乐子去了。

如邢薇所说，宋柯年和她是分房睡的。

“你俩真的分房啊？”半晌，孟楚才犹豫地说，“该不是感情不和，要离婚吧？”

邢薇给她一个栗暴：“说什么呢？”

孟楚揉着头：“那是为什么啊？”

半晌，邢薇说：“其实我也不知道，是他提出来的，他说如果我还没有准备好的话就可以分房睡，然后那天鬼使神差地，我就答应了，所以就是你现在看到的样子了。”

孟楚也不知道说些什么。

两人静坐了一会儿。

孟楚问：“他晚上不回来住啊？”

“有应酬的时候会晚点回来。”邢薇说。

结婚快半年了，邢薇很少进宋柯年的房间，两人相敬如宾，少了平常夫妻之间的烟火气。

“算了，不说了。”邢薇转移话题，“我们聊点别的，最近我要了一个新的小说授权，这部剧我想做，但是和我同期的社团成员现在‘三次元’生活繁重，我还没找到后期和编剧。”说到最后，她有点“丧”，想当初称霸网配圈的神策划，约人这种事就没受到过阻碍，如今却连编剧都找不到，着实憋屈得很。

“我难道老了？英雄迟暮，要退出这个圈子了？”邢薇问道。

孟楚眨眨眼，思考着说：“我最近不忙，编辑没有催债一样找我，剧本我可以帮你看着改，至于后期嘛，你可以把这事和沈京说说，他人脉这么广，总有合适的人选。”

邢薇斜睨着孟楚，疑惑地打量她。

“你这么看着我干什么？”孟楚问。

“你什么时候和沈京这么好了？”

孟楚笑了笑，知道邢薇这是想歪了。

“你笑什么嘛，快跟姐说说，你是不是相中那货了？你要是真相中了，我给你说媒去。”邢薇一脸兴奋。

“你什么时候跟老母亲一样了？”孟楚揶揄她。

邢薇拍了她一下：“别闹，快跟我说说。”

孟楚收起笑容，突然想起那个声音，然后想到那个名字。

“你相信人与人之间的缘分可以改变吗？”她没头没脑地问了一句，不像是在问邢薇，也不像是在问自己。

“说什么呢？”邢薇皱眉。

“他不相信的，我想去改变。”孟楚自然自语。

突然，她想通了很多事情。

想通他为什么会回到“二次元”的生活，想通他为什么会说他不相信“三十而遇”。

因为他从始至终都活在束缚里，他的感情没有一天得到真正的释放与自由。

“你相信‘三十而遇’吗？”

“我不相信，早干吗去了。”

她脑海里不知怎么就浮现起那天直播时的问题。

良久，孟楚在心里说道：“我相信，因为遇见的是你。”

5.

新策划的广播剧，邢薇把找 CV 的事儿交给了孟楚，她自己和陈皮去找后期以及一些美工。

孟楚在火车上刷着沈冬生的微博，她发现他最近在陆续发剧，有很多是大社团的，有保证更新速度的。

大片的阳光洒在桌子上，火车摇摇晃晃，晃得人想睡觉。

她没有买到高铁票，只能坐普通火车回春市。

孟楚打开手机 QQ，翻到那个熟悉的漫画人物头像，两人最后一次聊天记录停留在一年多之前。

时间快得让人空茫。

“在吗？”孟楚发送消息之后，心脏紧缩成一团。

等了几分钟，没有消息回复，孟楚的心凉了半截，连阳光都照不暖。

火车到达一个站点，手机的信号变强了一些。这时，手机振动了一下。

“好久没聊了，阿楚姑娘。”

孟楚的心怦怦直跳，把这句话读了一遍又一遍。

“你回春市了吗？”沈冬生问。

孟楚恍然回神，回复道：“在火车上。”

“到哪儿了？”

“山海关。”

这个地名带起了孟楚的一点回忆。

沈冬生有一次做直播时，和粉丝讨论南北界限的问题。当时他说，对于东北人来说，只要过了山海关，就都算作是南方。他说得无赖又坚定，竟然让人不能反驳。

“几点到？”

“十二点。”

“中午？”

“是晚上。”

“有人接你吗？”

“我住的地方离火车站很近。”孟楚故意模糊着说。

火车鸣长笛，缓缓而动。

良久，沈冬生回复她：“晚上我去接你好了，你一个人不太安全。”

“不用麻烦你了，我自己可以回去。”

“你现在住在哪儿啊？”他问。

孟楚报了一个地名给他。

“没事，和我离得还算近，正好明天周末，我不用加班，我会在出站口等你的。”沈冬生直接说，“我现在要忙了，晚上见。”

孟楚晕晕乎乎的，不知道是不是被太阳晒得。

“晚上见”这三个字就像一个大棒槌把她砸得眼冒金星。

不知道是不是在做梦，她使劲咬了自己一口，清楚的痛感提醒她，这是真的。

她终于——要和他见面了。

凌晨时分充斥着萧瑟的凉意，孟楚穿着灰色毛衣，拉着行李箱在阴冷的出站通道里缓慢地走着，清冷的月光洒落在出站口，她不敢仔细去打量，因为沈冬生在那里。

以前幻想过一千次见面的状况，但到了真正见面的这一天，她方寸大乱。

孟楚低着头，穿过人群。

她觉得自己很傻，沈冬生又不知道自己的样子，怎么接到她呢？

她被横冲直撞的紧张感撞断了理智的神经。她自嘲地笑了笑，然后打开手机想在 QQ 上给沈冬生发消息。

“我到了，但是我不知道哪个是她，你快点把照片发过来。”一道清晰又异常熟悉的声音穿透出站口的哄闹声，准确无误地砸进孟楚的耳朵里。

她闻声看去。

是他！

他站在不远处，穿着套头的白色卫衣与黑色的运动外套。

“没有照片，那你把她的电话号码给我也行……”沈冬生跟着念，“1508……嗯，然后呢……”

孟楚站在他的身后，抿着的嘴唇渐渐翘起。

风很大，扬起她披着的头发，手机振动起来。

看着手机屏幕上的陌生号码，她知道是谁。犹豫了一下，她接通了电话，声音很轻，像是害怕惊动了什么：“喂。”

“是……是阿楚姑娘吗？”沈冬生不知道孟楚的大名，只能用了这么一个开头。

孟楚抿着的唇笑得越来越开。

她说：“我是孟楚。”

沈冬生愣了一下。

“沈冬生，”孟楚看着他的背影，很郑重地说，“很高兴见到你。”

那句歌词就像应景一样，在她看见沈冬生的那一刻在脑海中浮现。

如许愿足够用力，能打动时间看望过去。

三十而遇，别来无恙。

6.

沈冬生像是感知到什么，缓缓地转过身，便看见身后拉着行李箱与他通电话的孟楚。

火车站灯火通明，他们俩对立而视。

孟楚心中有数不清的感情在发酵，苦涩中穿插着甜蜜，兴奋中混杂着紧张，无数情感冲撞着她的神经，夜色正凉，酸涩的眼睛竟然流下了温热的泪水。

沈冬生愣怔地看着她，不知道该如何主动。

他像是天生缺少主动的神经。

孟楚眨了眨湿润的双眼，又笑了出来。

那是一种发自内心的微笑，从心底而生。

沈冬生被孟楚又哭又笑的样子弄得发蒙，他小心地挪着步子走近，小心翼翼试探地问："你……你没事吧？"

日日陪伴自己的声音如今这样立体地环绕自己，孟楚真的很害怕这又是一场梦。

孟楚慌忙地抹了一下脸："没事。"

沈冬生尴尬地在身上摸了摸，发现并没有纸巾，只好垂下手。

"我们……我们走吧。"他伸出手拉起孟楚的行李箱，"我来吧。"

孟楚没拒绝。

两人并排走着。

车水马龙的街道上，孟楚偷偷在黑夜里打量着身边的男人。

沈冬生的衣领很整洁，眉目之间有淡淡的英气，嘴唇微薄……孟楚幻想过无数次他的样子，如今真正相见时，心中五味陈杂。

这是她朝思暮想的人啊……

一路无言。

沈冬生送孟楚回到居住的小区。

这个小区有些老旧，路比较窄，车子开不进去，只能停在转弯的路口，两人走了一段。

“我找你是因为……”孟楚还带着轻微的鼻音，说话的间隙，不敢去看身边的人。

沈冬生“嗯”了一声，等待她下面的话。

街边的路灯昏黄，映衬着片寸的光晕。

“邢薇最近要策划一部新的广播剧，我想……想问你有没有时间……”孟楚不敢直视他，生怕会泄露自己不为人知的心事。

“正好我最近打算接新剧，不过重复的角色本子不想再接了，想录一点新鲜的角色。”沈冬生思考着。

“这次是‘古言’。城春是一个很复杂的人物，他背负着师门血海深仇……还是很有挑战性的。”孟楚无意识地咬了一下嘴唇，顿一下才说，“而且……是我执笔。”

沈冬生笑了笑。

“好呀，我接，回头你把剧本给我发一份吧。”他说。

孟楚很轻很轻地“嗯”了一声。

沈冬生不太喜欢起话题，孟楚极力掩住自己的心跳不露出马脚。

深夜里，寂静的街道把细小的声音放大到极致，静悄悄的脚步声，甚至……彼此的呼吸声。

“前面就到了。”孟楚停下脚步，没敢看沈冬生，“我自己过去就行，小区门禁还挺严的，不是很方便。”

“你……是打算在这儿常住吗？我听沈京说，你以前和蔷薇住在S市来着？”沈冬生不禁问了一句。

“不是常住。”只是想住一段日子，然后就离开的，孟楚如实回答，“小薇姐嫁去A市了，所以我来这儿了。”

“你在春市有朋友吗？”沈冬生今天话多了点。

孟楚没吱声，她不知道怎么回答。

说有，那会少了很多和沈冬生亲近的机会；说没有，又显得自己不正常。孤身来到陌生的城市生活，好像没有什么理由能说得通。

“怎么突然想到来这儿了呢？”沈冬生看她低下头，没再追问，反而自说自话起来，“我在这儿生活十多年了，从大学开始到现在工作，是因为逃不开，没得选择。”他轻微叹口气，然后说，“春市就是一个很一般的城市，没什么新鲜的。”

“春市的京桃很美。”孟楚说。

“春市的拉面很好吃。”孟楚又说。

“春市的阳光比S市暖多了。”孟楚说着说着，不禁对上了那双眼睛。沈冬生拥有一双明亮的眼睛，照进她心里去了。

沈冬生觉得好笑：“你说得太夸张了。不过红旗路那边有家正宗的日式拉面真的特别好吃，改天有空我们一起去吃吧。”

沈冬生又说：“时间不早了，赶紧回去吧。”

孟楚点点头，走了两步，回头看见那个身影依旧站在那儿。

他向她挥了挥手。

她抿了一下嘴角，拉着行李箱进了小区。

其实，她还想说的是，春市这座城市很好——因为有你。

第十章

明知我爱你

/ 明知我爱你，却不敢告诉你。/

1.

“你有没有看新出的那个番？”孟楚一边吸溜面条一边起了个话头，看了一眼坐在对面正在喝饮料的沈冬生。

今天她们是来兑现上次的约定，实际上时间已经过去了四个月，这段时间沈冬生一直加班，难得的休息时间还要应酬和录音。

好在，因为邢薇策划的广播剧要收音，孟楚因为剧本的某些问题会和沈冬生在 QQ 上联系得比较频繁。

两人都是追番爱好者，孟楚看到新番总想和他分享一下。

“你说的是不是秋季新番？那个叫……就是超长的名字……”沈冬生一着急起来，就跟个要不着糖的小孩似的。

孟楚也没有完全记住那个番的名字，因为超级长。她咬断拉面，一边思考一边嘟囔着：“叫什么……青春学长兔女郎？”

沈冬生摆手：“不对不对，名字没这么短。”

孟楚看着他努力思考的样子觉得好笑。

经过这段时间近距离的了解，她发现沈冬生的不善言辞只是对于自己不感兴趣的领域，真涉及自己感兴趣的话题时，就跟个小老头一样絮叨。

沈冬生喝了口水，略带点哼唧声说：“是叫青春……《青春猪头少年不会梦见兔女郎学姐》，这个番特别有意思，它没有那么多的感情纠葛，就是很简单的，喜欢就说喜欢。”

孟楚坐在他对面，认真地听着，沈冬生略带孩子气的声线特别灵动。

他很会撒娇，不过只在隔着屏幕的时候。

有一次直播，粉丝问他：糖姐这么可爱，会不会向父母撒娇？

当时他回答说：“我不会向我父母撒娇的，因为他们不会理我，我只会向自己撒娇。”随后他用“拆哥”的声线故意逗趣一般说，“糖姐只能跟我撒娇。”

他惹得直播间的公屏都“炸”了。

“拆糖一生推！”

“拆糖锁死了！”

“啊啊啊，拆糖甜死了！”

“你在想什么？”沈冬生侧过头看她。

孟楚猛然从回忆里抽身，忙低下头夹面条，欲盖弥彰地说：“没什么，就是想起点好玩的事情。”

“哦。”沈冬生“哦”了一声，然后问，“不能和我说吗？”

“啊？”孟楚抬头，对上那双明亮的眼睛，“你刚才说什么？”

沈冬生咬了咬牙，直接转移了话题：“我说，下一期的剧本你什么时候给我？”

孟楚干笑两声：“那个……我还没写完呢。”

“我第一期干音录完了。”沈冬生说，“原文我都抽空给补了呢。”

“这么快？”孟楚瞪大双眼，不敢相信。

“你要听吗？”沈冬生问。

“想听。”她说。

沈冬生抿着嘴角笑了笑，没再说话。

“这个真的超级好看，感情戏一点也不弯弯绕绕，为什么现在谈恋爱不能像漫画里一样简单一点呢？”沈冬生突然说。

孟楚足足停顿了两秒才反应过来他把话题又扯回到日番上了。

这个人真的是……

吃完最后一口拉面，沈冬生猛然看了一下表，然后着急地说：“我下午三点要帮领导跑外勤去取个东西，先走了，回头再聊。”

沈冬生的身影消失在拉面店，孟楚收回视线，眼睛眨了眨，像是思考什么。

他说，喜欢简单一点的感情。

那……她要不要告白呢？

简单一点的。

沈冬生跑完外勤，先是坐公交车回了一趟家，然后走着去了健身房。

今天的健身项目还是撸铁，教练加了重量，沈冬生用最后力气做了两个深蹲后，长吁一口气。

终于结束了。

他回家后，晚餐照旧是红茶和坚果，今天时间还算充裕，他又给自己做了一份蔬菜沙拉。

今天不是直播的日子，他准备录干音。打开电脑，刚登录 QQ，就收到一个离线的文件——来自阿楚姑娘。

收到的是第二期的剧本。

“这么快？”沈冬生未发觉自己在打字时，嘴角不自觉地流露出淡淡的笑意。

对方立刻回了消息：“不是你让我快一点的吗？”

沈冬生喝了一口红茶，笑开了，然后调出一个文件给孟楚发了过去。

孟楚好奇了一下，然后点击接受。

沈冬生发的是第一期的干音。

没有后期的干音清冽干净，单轨声道的声线非常清楚，沈冬生对城春这个角色的理解很是到位，特地选用了温柔细致的声线，比他本人的声线更柔弱，这就是圈内常说的“美人音”。

城春是一个比较复杂的角色，他人生坎坷，被师门抛弃，被爱人误解。在一场决裂的戏里，沈冬生带着哭腔的委屈陈述很容易让人入戏。

“你哭得很好听。”孟楚听完干音，评价道。

沈冬生问：“为什么你们都喜欢听我的哭戏呢？粉丝都说我哭得特别好听。”

孟楚笑了笑。

“估计因为我是一个情感细腻比较敏感的人吧，我之前直播读故事的时候哭过。”沈冬生说。

孟楚心说，我知道，是读《高个子女人和她的矮丈夫》那篇的时候。

“因为情感细腻，所以录哭戏比较有感觉。”沈冬生又说，“我一直觉得这样不好，太容易陷入别人的故事里，一点也不现实。”

孟楚忍不住又在心里说，所以你才总是告诉自己，故事是别人的，生活才是自己的吗？

“我今天话太多了，你别嫌烦。”沈冬生抱歉道。

也许是孟楚给了他很舒服的感觉，他不知不觉说了很多平常不会说的心里话。

“没事，一点也不烦。”孟楚说，“你想倾诉的时候都可以找我，我保证会用拉锁封住自己的嘴，你来亲自缝。”

沈冬生笑出了声。

这应该是第一个能逗笑他的女孩子。

2.

宋柯年最近鬼鬼祟祟，邢薇总是见不到人。

“周末有没有时间？妈可能要过来一趟。”吃饭的时候，邢薇突然说。

“我周末有点事，可能要晚一点回来。你先带妈去逛逛，晚上我去接你们吃饭。”宋柯年说。

邢薇不自觉地皱了皱眉，觉得有猫腻。

宋柯年虽然总忙，不过平常下了班就会回家，但最近总是晚归，周末也会有大半天不在家，这一现象是从什么时候开始的呢？

好像是从一个星期前开始的——那天是蔚蓝的剧更新的日子。

不对！

邢薇拍了拍自己的脑袋：怎么把这两件事混为一谈了？蔚蓝更新新剧和宋柯年有什么关系？

可是，为什么她总是把蔚蓝和宋柯年这两人重合呢？

难道是因为声音？

她不会是要精神出轨了吧？

完蛋了！

“怎么了？”宋柯年发现邢薇的神情不对。

“没……没什么。”邢薇支支吾吾，“妈说要在这儿住一周，所以……”他们现在分房睡算是怎么回事？

宋柯年明显也愣了一下：“要不……要不我‘出差’吧。”出差的意思就是去住酒店。

“别呀。”邢薇连忙阻止，“我都和妈说了你在家。”

空气寂静了。

“我……我晚上给你收拾一下房间。”一向雷厉风行的邢薇，此时竟然脸红得低下了头。

宋柯年抬起头看了看她，没有拒绝。

客房换了新的床单和被褥。

晚上邢薇很紧张，抱着被子紧张地在床上来回滚动，卧室只开了一盏床头灯，幽黄昏暗，她能明显地听到卧室外面的动静，宋柯年趿拉着拖鞋摩擦地板的声音非常清楚。

卧室门开了，邢薇猛然钻进被窝，闭眼假寐。

身边有轻微的窸窣声，然后床铺重重地往下塌。

邢薇听见了自己的心脏在打鼓。

宋柯年瞄了一眼身边闭着眼睛的人，关了床头灯，也闭上眼睛睡了。

邢薇的母亲在A市留了一个礼拜，这段时间邢薇和宋柯年陪着她把A市逛了个遍。

老母亲看着两个人“夫妻情深”的样子，甚是欣慰。

一天，正好宋柯年有事晚归，只有邢薇在家陪着母亲看电视。

“算算日子，你俩结婚也有大半年了，准备什么时候要个孩子啊？”邢母盯着电视问。

邢薇伸向薯片的手顿了一下，然后抓起一片放进嘴里，酥脆的声音伴着她欲盖弥彰的回答：“这才半年，着什么急啊？何况这事本来就是随缘，有了自然就有了。”

邢母又开始碎碎念：“趁着现在年轻，赶紧要一个，孩子才是稳固感情的纽带。”

邢薇不以为意：“有了孩子该离不还是离了嘛，根本不是那回事。”

“这孩子，瞎说什么呢？”邢母瞪了她一眼。

宋柯年凌晨才回，他最近接了一部商剧，时间有点捣腾不过来。

商剧和网剧的录音模式有出入，重头戏需要进入棚里在导演的指导下录制干音，这比在 YY 上 pia 戏要严肃很多。

他洗漱好后，轻手轻脚地进入卧室，生怕把邢薇吵醒。

他掀起被子躺到床上。

邢薇便睡眼惺忪地翻了个身，眯着眼睛看着来人，迷迷糊糊地问了一句：“怎么回来这么晚？”

仔细一听，颇有妻子对晚归丈夫埋怨的意思。

邢薇微微起身，凑上前在距离宋柯年嘴唇只有几毫米的地方闻了闻，然后又躺下说：“我还以为那些浑蛋灌你酒了呢。”

那股带着独特味道的温热气息还在唇瓣旁边未散，宋柯年愣了一下神，邢薇迷糊之间说话的样子惹得他心头一动。

随后，他不自然地咳了一声，说：“有点事耽误了，明天咱妈几点的飞机？我请了假，明天送妈去机场。”

邢薇抱着枕头往上挪了挪，闭着眼睛说：“好呀。”

宋柯年低着头，喉头不自觉地微微耸动，伸出手指在空中对着邢薇的脸蛋很淡地抚摸了一下。

这是他最珍惜的人，从第一次见面开始。

3.

华灯初上。

刚录完干音的沈冬生给自己做了一份鳗鱼沙拉，放在冰箱里冷藏。

明天不用加班，干音也录得差不多了，一般这种空闲时间他会给自己找几个番看一看打发时间，但是今天看了几集之后完全没了看下去的心思。

同事打来电话邀约聚餐，他拒绝了。

隔了一会儿，电话又响了起来。

是母亲打来的。

“喂，妈，有什么事吗？”沈冬一边接听电话，一边忙着回复网上的消息。

“冬生，昨天你姐回家了，跟我说你姐夫亲戚那边介绍个女孩，妈看过照片了，长得还真不错……”

“妈。”沈冬生不想继续这个话题，“我暂时不想见，您能别给我安排了吗？”

“冬生，过完年你就又长一岁了，像你这个年纪的男人，基本都有孩子了，我怎么能不急？”

沈冬生叹了口气：“妈，我一会儿还有直播，先不聊了行吗？”他混“二次元”配广播剧的事情从来没有瞒着家里人，更何况他独居，家里人也无法过多干预他的生活。

“你说你把天天在网上搞那些事情的精力，放在正事上多好。你在单位也多表现表现，这样才会有女孩子喜欢你啊。”

“上次宋嘉的事情您又不是不知道，难道一定要每次都这么凑合地过去吗？”沈冬生第一次对母亲有了点脾气，“您现在这么逼迫我，根本不是为了我着想，您只是想满足您自己的心愿。”

他平复了一下心情，又语重心长地对母亲说：“妈，日子是我自己在过，我知道我想找什么样的人共度一生——如果她能够出现在我的生活里。”

说完，他就挂了电话。

直播晚上九点钟开始，因为母亲来的那通电话，耽误了七分钟他才进入直播间，此时公屏上面大家都在猜测，酥酥是不是去擦地忘记直播了。

孟楚在手机的这一端偷笑，她从来没有和他说过自己一直在听他直播的事情。

今晚是拆哥的主场。

公屏上又是一拨爆炸。

“啊啊啊，拆哥真的酥爆了……”

“拆哥我本命啊……”

“拆哥出现了，我死了。”

“拆哥呀，真爱啊！”

孟楚看着公屏上的留言，突然有点迷茫、失落，有这么多人喜欢他。

“快把糖姐放出来。”有粉丝在公屏上说。

沈冬生无奈地说：“糖姐今儿累了，就不出来了哈。”

下一秒，他又切换成撒娇音：“你个死鬼，说什么呢？”

他把自己逗乐了，笑着说：“糖姐奓毛了。”

公屏上因为官方 CP 发糖的事情止不住地刷屏，沈冬生依旧是以秒下的姿态结束了直播。

孟楚也关了手机。

不一会儿，电脑上的 QQ“吱吱”作响。

消息显示——沈冬生。

4.

“还没睡？”孟楚问。

“刚直播完。”他回，“想和你聊聊天。”他又说。

他虽然这么说，但是并不知道聊什么。

孟楚主动说：“我们聊聊剧本怎么样？”

“如果你是城春，你会选择原谅景生吗？”景生是剧里的另外一个主角，误会了城春弑父杀兄之后，无情地伤害城春。

“如果是我，我应该不会原谅他，但是也不会恨他。”沈冬生说，“很多人包括剧粉会问我，站在我的角度是怎么想的，我还是觉得如果是我，这个故事就不会发生了，以我的性格，无论是城春还是景生，我都不太喜欢。”

沈冬生入戏很快，对人物的分析也很透彻，这也是他戏感极好的原因。

“这个故事其实存在很多不必要的东西，但是为了情节，必须发展下去。城春这个人在感情上面是比较不理智的，总是寻死觅活地找事。”沈冬生只要讲起故事、人设等话题就会滔滔不绝，偶尔很不地道地“吐槽”。

“我觉得也是。”孟楚忍不住笑了出来，故意说，“我也不喜欢城春。”

沈冬生说：“不过，这个角色的确是情感特别特别浓烈的，我以往配音的都是一些很简单的谈恋爱的剧，包括小众题材，不需要用很强烈的感情。”

孟楚说：“你配的角色都挺好的，会有一些思考的空间。”

沈冬生：“可能我这个人脑洞比较大，所以配角色的时候总会思考很多东西吧。”他接着说，“我第二期的干音快录完了。”

“这么快？”孟楚惊讶，“我第三期剧本还没有写完呢。”她发了一个哭泣的表情。

沈冬生笑了笑，黑色短发被电脑屏幕蓝色的光映照，仿佛深海中的水草一般莹莹发亮。

“对了，前两天我和小薇姐聊过了。”孟楚说，“本来我是打算写四期的，可是后来我们俩觉得有些情节可以省略和融合，这样能使剧情更加紧凑，也可以为后期节省很多力气和时间，所以我们最后决定只做三期了。”

“我也觉得现在的故事节奏有点慢。”沈冬生应和道。

“我可能要回家了。”上一个话题结束后，犹豫了几分钟，孟楚发过去一句话。

沈冬生愣了好几秒。

他犹豫了一会儿，然后打下几个字，重重吸了口气才点击发送。

他问：“什么时候回来？”

“还不知道。”孟楚是真的不知道。

父母一直在催她回家，如今她和沈冬生的关系达到了一个前所未有的高点，可是再多也是奢侈，她现在很满足，也开始奢望更多。

这并不是一个好的兆头。

她告诉自己，不如简简单单地去告白一次，可是每次想到冲动之后的结果也许会并不尽如人意，又心生胆怯。

试图去改变缘分的她，变得患得患失。

她讨厌这样犹豫不决的自己。

到底要怎么做?

她没有答案。

“哦。”沈冬生看着对话框，不知道该说什么了。

和孟楚认识以来，他总有很多话题，看日番不会被她嫌弃幼稚，录直播不会被她“吐槽”瞎搞……

在她面前，他可以畅所欲言，这种感觉很舒服。

非常舒服。

“我一会儿要写稿，先不聊了，第三期的剧本可能要下周给你。”孟楚说。

“好，你别太晚睡。”沈冬生说。

孟楚发了一个晚安的表情包过去。

关闭沈冬生的对话框，她打开了编辑的对话框。

“在吗？”孟楚问。

“要交稿吗？”催稿催得疯魔的编辑，一开口就是稿子。

“不交。”孟楚绝情道。

“哎，你这样很不地道啊朋友。”

“我不地道又不是一天两天了。”

“那你找我什么事啊？”

“拖稿呗。”

编辑发了一个被雷炸掉的表情包，然后说：“你这么做是要我去死吗？”

孟楚早就习惯了和编辑见招拆招，这么多年相爱相杀早就成了生活中的一部分。

“想和你说个正事。”孟楚一秒把话题拉回正题，“你说我这个故事结局要怎么写？要让他们……分开吗？”

她问这个问题的时候不自觉地想到了沈冬生。

“当然不能。”编辑给出客观的建议，“虽然你这个故事的基调是慢热沉重了些，但是他们俩都那么苦了，难道不给一个好的结局吗？”

“可是……”

“可是什么可是？”编辑恐吓道，“你要是敢写悲剧，小心下次见面我挠死你。”

孟楚啼笑皆非：“你属猫的啊。”

“老子就是跟别人不一样。”编辑正色道，“那我也跟你说个正事。”

孟楚直觉告诉她大事不好。

“你什么时候交稿啊？”编辑打了一排字发送。

只见对方自动回复的消息：“您好，我现在有事不在，请一会儿联系。”

十二月的寒风瞬间吹凉了温热的肌肤，孟楚开着窗，护眼模式的文档背景色是淡绿色。

她读了一遍又一遍自己为他写下的文字，就像回忆重演，不断地加深印象。

耳机里是他电台里面的背景音乐，如同她与他之间真实写照。

明知我爱你，却不敢告诉你

我害怕失去你，宁愿沉默不语

该如何整理，幸福在手里

我恨自己，无能为力

她突然恨自己无能为力。

5.

转眼又是年底，一年一度的全民跨年又要来临。

春市的冬天来得比较早，孟楚穿着厚重的羽绒服在候车室待着，天窗覆上了一层白雾，隐约有东西在缓缓飘落，随后听见刚进候车室的人在说：“外面下雪了。”

今年的雪来得有些早呢……孟楚想。

大厅回荡着标准的车辆信息播报：“紧急通知，由牡江始发，开往A市的K4116次列车由于天气原因将晚点四十分钟。”

“你上车了吗？”沈冬生发微信给她。

“还没呢。”孟楚坐在候车室，低头回复，“车晚点了。”

“我马上就到了。”

孟楚惊讶：“啊？”

“你等我一会儿。”

“你今天不是要上班吗？”

消息发过去之后，便再也没有回音。

孟楚慌慌张张地看着电梯口，没等到人来，距离火车进站还有二十分钟。她下了一楼，去到进站口，然后看到沈冬生面色焦急，正和车站工作人员说着什么。

进站口人头攒动，很难走过去。

孟楚拿出手机给沈冬生打电话，她看着他着急地掏出手机。

“你走了吗？”

他语气很急，黑色短发上还有未融的白雪。孟楚仿佛能感受到一股扑面而来的凉意，带着独特的气息。

那是雪的味道吗？

可是，雪是没有味道的。

所以，是他……

是他带给她的感觉，只有他能带给她。

“还没有。”孟楚说。

“那个……”沈冬生欲言又止。

“你今天不是上班吗？”

“临时请了半天假。”沈冬生未发觉自己每次和孟楚打电话的时候，总会不自觉地表露出最真实的自己，“领导每次都给我下派一些临时任务，还不是我分内的工作。”

孟楚直直地盯着他，天地万物间，仿佛只剩下他们俩，她只能听见他的声音。

她拿起挂在胸前的单反相机，对焦，锁定，然后“咔嚓”一声。

沈冬生的目光投过来，薄唇微启，只发出一个单音节：“你……”

“谢谢你来送我。”孟楚抿着唇说。

“你……”

两人隔着人群，遥遥相望。

沈冬生突然感觉到酸胀苦涩的味道从心房弥漫开来。

他最讨厌离别，最害怕的也是离别。

所以他从来不对人真正地敞开心扉。即使是沈京，也不知道他内心真实的想法。

可是，在这一刻，他发现了一件不可控的事情。

那个叫孟楚的人，打开了他内心大门上的枷锁。

“由牡江始发，开往 A 市的 K4116 次列车就要进站了，请车站人员做好准备，即将开始检票。”

“我走了。”孟楚轻声说。

沈冬生没回应。

电话挂断，只剩下忙音。

他看着孟楚转身离开，最后消失不见。

他很想问：你能不走吗?

他很想再说一句：我好像喜欢上你了。

可是，他什么都不敢说出口，他内心的脆弱让他连说一句喜欢的勇气都不能拥有。

“由牡江始发，开往 A 市的 K4116 次列车现在停止检票……”

一声长长的鸣笛声，穿透雪花，在灰蒙蒙的天地间撕裂出一条口子。

6.

1 月 28 号，是沈冬生的阳历生日。

他直播时，很多粉丝送上生日祝福。为了回馈老粉的相伴，他在直播间里开通了连线。

连线的是一个陪伴了他七年的老粉：“我最初喜欢上你不是因为某部剧……当时我记得你在哒姐的 YY 房间里，你用了很多不同的声线说话，哒姐很惊讶，后来你对他说了一句‘那你现在想听哪种声音’，你知道吗？就在那一刻我入坑了。”说到最后，老粉实在按捺不住自己激动的心情，都哽咽了，毕竟这是难得的一次和自己喜欢多年的人近距离接触的机会。

沈冬生说：“别激动，先把话说完。”

“所以，我特别感谢酥酥，因为有你，我度过了很多艰难时刻，一个人去留学，留学回国找工作……真的，你对我来说，不仅仅是一个偶像，更是一种力量。”

沈冬生的声音很轻：“我何德何能，能让你们这么喜欢我。”

其实他也是一个普通的人，也希望有人能牵着他一起走，在这艰难的生活里，与他共度余生。

“不，你值得我们喜欢。”粉丝说。

沈冬生笑了笑，然后极其深情地说：“那你现在想听哪种声音？”

老粉激动得嗷嗷直叫。

孟楚戴着耳机，看着公屏上一群土拨鼠嗷嗷叫唤，那种疯狂不亚于流量明星的见面会现场。

她没有听完直播就退出了直播间。

这是她认识他以来，第一次没有听完他的直播。

微信群里突然活跃了起来，孟楚的朋友不多，高中时期只有两三个好友，而此刻这个三人的群不停地闪。

方琳：“都在吗？”

陈莉晒了一张“么么哒”的表情。

孟楚：“在。”

方琳发了一个惊恐的表情。

陈莉发出质疑：“阿楚你竟然在。”

这个微信群里只有三个人，她们俩都是即将成家的人，平常在群里聊的话题不是谈恋爱之类鸡毛蒜皮的小事就是护肤心得，孟楚都插不进去话，所以一向潜水。

孟楚无奈：“我又没死。”

方琳：“你是没死，但是跟死了差不多。”

陈莉：“我看是诈尸吧。”

她们三个人聊天一向如此，胡乱说话，毫无忌惮。

陈莉说：“我今年可能要结婚了，你们俩记得给我包红包啊。”

方琳：“没钱。”

孟楚：“先记账。”

陈莉：“两个损友。”她笑骂，然后又问，“你俩现在什么情况了？”

方琳：“还能怎么样？就那样呗，彩礼的事一直没谈妥。”

陈莉怒了：“你对象到底啥意思啊？十万块都拿不出来，是不想结还是怎么的？”

方琳也难受：“不知道，爱怎么样怎么样吧。别说我了，小楚你呢？还单着呢？”

话题突然扯到自己身上，孟楚迟疑了一下。

方琳又说：“我学姐都结婚了，她人脉广，就没给你寻个青年才俊什么的？”

孟楚避重就轻回答：“小薇姐太忙了。”

陈莉也好奇：“你说你都单这么多年了，也该想想了。上学的时候你就清心寡欲的，不知道的还以为你要出家呢。”

方琳附和：“是啊，这年头还找什么真爱啊，凑合凑合过得去就行。”

可是，我不想凑合。孟楚看着手机屏幕想，不知为何，突然想起了沈冬生。

他到最后也会随便找一个人凑合过日子吗？

他不会。

这是孟楚自己想到的答案，如果他会，他就不会和相亲对象分手了。

可是这并不代表她才是对他来说对的人。

方琳：“阿楚又消失了。”

陈莉叹了口气：“唉，咱俩聊吧。对了，情人节想好买什么礼物了吗？”

方琳：“不知道，手表吧，或者钱包。”

陈莉“吐槽”：“一点新意也没有。”

方琳和陈莉你一句我一句地刷屏，孟楚无心再看，关了手机。

她低头摸了摸不久之前洗出来的照片……

清冷的月光洒满整个窗台，这人间俗世，明明拥有的是同一个月亮，可是生活在这片土地上的人有着不同的人生。

第十一章

追风筝的人

/ 关于他的一百种想象，都烙在她的过往里。/

1.

邢薇主动给宋柯年发了一条微信，说自己今天要加班，会晚回家，而实际上她到点就下班了。

宋柯年收到微信的时候，正好在收拾东西，邢薇加班是家常便饭，于是他没有多想，提包离开了公司。

他录的是商剧，重要的部分已经在导演的安排下完成了，剩下的是一些不太重要的过场片段，他需要自己单独录制，然后把干音交给剧组。

自从邢母来了，两人一直处于同房的状态，如果邢薇在家不是很方便录音，今天她加班，他正好可以利用这点时间回家录。

他回到家进入书房，打开录音设备，调出一早准备好的剧本，对着麦克风开始录音。

他戏感向来不错，对人物的理解早就在棚里录制的时候已经吃透了，所以不需要重新寻找感觉，只要酝酿一下情绪就可以很到位了。

“这种东西可说不准，也许下一次你就遇见了呢？”这是一场暧昧的戏，宋柯年刻意压低了声线，听起来暧昧又迷离。

邢薇的动作很轻，她透过书房的门缝看见宋柯年戴着耳机正在听干音，他可能觉得口齿不是特别顺畅，语感差一点，就重新录制了一遍。

零零碎碎录了很多片段，宋柯年剪好干音，然后发到了剧组的邮箱里。

他看时间差不多了，邢薇该回家了，就关掉了设备和电脑，准备起身。

邢薇蹲在门外偷看，脚有点麻了，看到宋柯年起身，她急忙站起来，然后踉踉跄跄地跑进客厅，装模作样地拿着遥控器。

看到坐在沙发上的邢薇，宋柯年先是愣了一下，然后极力用很平稳的声音说：“你是什么时候回来的？”也许是录音许久都没有喝水的缘故，声音有些喑哑。

邢薇按着遥控器的手指顿住了，故意说：“回来好久了。”

宋柯年若有所思地“哦”了一声，不知该说点什么。

邢薇主动问：“吃饭了吗？”

宋柯年目光转到某个地方：“还没呢。”

“要不要点个餐，还是现在做？”邢薇拖着还有点麻的腿缓缓移动。

“你的腿怎么了？”宋柯年眼睛尖，询问道。

邢薇支支吾吾地解释不清：“那个……刚才……”

宋柯年走近几步，把她拦腰抱起，疾步走到厨房，直接把她放在了不高不低的料理台上，他熟练地淘米煮饭，洗菜切菜。

邢薇坐在他身边，微低着头看着他——浓密的黑发，饱满的额头，山峰一般的鼻子，微红的薄唇，微微耸动的喉结……

这一刻，宋柯年异常好看。

“要尝尝吗？”宋柯年拿着汤勺的手凑近了邢薇的嘴唇，两人离得很近，宋柯年抬头的瞬间便与邢薇不老实的目光对上。

空气中翻涌着一种叫暧昧的因子，并且持续发酵。

邢薇紧张地抿了抿嘴唇，然后凑过去把汤勺里的汤吸吮干净。

“我今天是故意给你发微信说晚回来的。”邢薇老实交代。

她一早就发现宋柯年有点不对劲，最近一段时间，他周末也早出晚归，打电话发消息都要很久才回复。而就是这么巧，这段时间 CV 蔚蓝的商剧频繁更新，一个早已经半隐退的大神，曝光率突然这么高的确很值得人思考。

她便起了疑心。

人一旦有了疑心，心思就细腻起来，观察力也变得敏锐。

她越发觉得宋柯年不经意间的声线和蔚蓝特别像，人的声音不管如何掩饰，都会留下蛛丝马迹。

何况邢薇听蔚蓝的剧那么多年，早就非常熟悉。

以前接触不多，有很多细节都会忽略掉，如今天天朝夕相处，那些细微的相似都被无限放大。

“你都知道了吧。”宋柯年的表情没什么变化，一只手捏着小勺子给煮沸的冬瓜汤调味。

“嗯。”邢薇垂着眼帘很轻地应了一声。

她明明应该激动，抱着偶像的大腿一顿号叫，或者质问他为什么要撒谎瞒着自己……

可是，隔膜彻底撕破的这一刻，她什么都说不出来。

宋柯年就是蔚蓝，真相让她沉默。

“不管你做什么决定，我都接受。”宋柯年一直没抬头，“但是，请你相信我，我对你的感情没有半点欺瞒。”

邢薇难以置信地看着他。

“我喜欢你，一直都喜欢。”从第一面开始就喜欢了。

有时候，宋柯年希望邢薇在他面前可以少一点拘束，更多地展现自我。在他面前，她可以肆无忌惮地说脏话，不高兴了可以摔东西，耍无赖。

“宋柯年……”邢薇张张合合的嘴只能叫出这几个字。

她一直都以为宋柯年对自己的感情就如她对他一般，没有爱情的悸动，没有激情，只是简简单单的合适而已。

她还没有完全消化宋柯年就是蔚蓝的事情，怎么就有告白这档子事情发生了呢？

她是不是在做梦？

还是说宋柯年脑子坏掉了？

邢薇的大脑在非常不靠谱地快速转动，然后，她试探性地伸出手去摸了摸宋柯年的脑门。

宋柯年看她傻乎乎的样子，和平常工作起来的“魔女”形象判若两人，他攥着她的手，软乎乎的掌心摩擦出不一样的温度。

“你好好想想，我不想一直和你做名义上的夫妻。”宋柯年说，“我希望有一天，你可以完全接受我。”

邢薇哑然。

宋柯年转移话题：“汤的味道还不错。”

氤氲的水汽蒙住了邢薇的眼睛，她在模糊不清的白雾里看了看宋柯年的双眼，然后告诉自己，她好像……找到了爱情。

2.

“你为什么不和我说宋柯年就是蔚蓝？”邢薇兴冲冲地打电话给沈京。

这厮完全不理会邢薇的愤怒，还很欠揍地说：“你没问啊。”

浑蛋玩意儿！

邢薇无奈道：“我不问你就不说吗？”

“你们俩保密工作做得那么好，第一次见到你俩以男女朋友出现的时候，你们都开始谈婚论嫁了。”沈京控诉一番后，然后吊儿郎当地说，“再说，他的身份如何，和结婚也没多大关系啊！所以，你到底是在气什么？”

邢薇如遭当头棒喝，对啊，她在气什么？

宋柯年一没故意欺骗，二没犯错出轨，三还来了一段深情告白。

所以，她到底是在气什么？

“你不对劲啊。”沈京评判道。

邢薇窘迫：“什么不对劲？”

“以你的性子，你应该早就抱着宋柯年的大腿了，而不是在这儿质问我。你现在这是在别扭什么？”

沈京的话就像刀子一般劈开了邢薇的骨血。

“你有病吧！”邢薇恼羞成怒。

“那家伙是不是对你做什么了？”沈京越说越接近事实的真相。

邢薇只能一遍又一遍地重复：“你是不是有病？”

沈京在她不对劲的情绪中意会，然后贱兮兮地笑了起来。

邢薇又说了一句“有病”，便挂断了电话。

她走出卧室，本想去厨房倒一杯水喝，走到客厅时，停下脚步，情不自禁地看了看书房紧闭的门。

她不敢敲门。

宋柯年在录干音，需要一个相对没有杂音的环境。

她把耳朵贴近木质的房门，冰凉的触感和闷闷的声音一同袭来。

宋柯年正在返音。

返音是指第一遍干音有不符合人设的地方，经过筛选之后重新录制。

邢薇听了一会儿，微不可察地叹了一口气，离开了。

躺在床上的她一直处于浅眠的状态，有任何的风吹草动，都能惊扰到她。

窸窣的声音响起。

邢薇第一反应是宋柯年进来睡觉了，但是过了一分钟，她没有感受到床铺塌陷，于是她猛然睁开了眼睛，谁知看到宋柯年一副准备离开的样子。

“你在干什么？”邢薇盯着男人的背影问。

宋柯年停下步子。

“我去客房睡。”他回答，“我想你现在应该特别不想看到我吧。”说完准备抬脚走。

邢薇脾气上来了，她一直和宋柯年相敬如宾，毕竟两人在一起的初衷并不那么美好。

可她不能否认的是，这个男人带给了她心动的感觉。

她知道他就是蔚蓝的时候，这种心动更加强烈。

“站住！”邢薇没控制住自己的情绪，“你能不能不要这么自以为是？”

宋柯年抱着枕头杵在原地，傻了。

邢薇从来没有发过脾气，因为她总是藏着、隐忍着，他觉得自己没办法真正进入她的心。

邢薇触及宋柯年柔情的目光后，本想爆发一下，但立马又蔫了，嘴上依旧不饶人：“我说什么了吗？我说要生你的气了吗？我说因为你的隐瞒就不要你了吗？”

她看了一眼他手里抱着的白色枕头，然后说：“你现在这算什么，跟我冷战？”

宋柯年站在那儿不进不退。

邢薇拉过身上的被子，破罐子破摔：“你爱怎么样就怎么样吧，老娘才不想管你呢。”

她明显说的是气话，宋柯年又怎么会听不出来。

没过几秒，闭着眼假寐的邢薇就感觉到身边的床铺塌陷，随后一股暖洋洋的温暖气息扑面而来，带着一股好闻的薄荷味。

那是她买的沐浴液的味道。

湿漉漉的吻从额头滑到眼睛，然后顺着鼻子和脸庞，最后滑到耳朵。

邢薇很是紧张，还是慢慢地睁开了眼。

“你干什么？”她问。

“我今晚不走了行吗？”宋柯年低声问，声音的嘶哑为他渲染上一层暧昧的魅力。

邢薇不敢看他灼热的眼神，只能撇着嘴，嘟囔了一声：“我又没撵你走。”

眼前瞬间一黑，目光所及之处只有浓密的黑发。

宋柯年的吻起初很温柔，只是细细轻啄，就像在亲吻一个珍藏已久的宝贝，生怕一用力就会碎了。

邢薇没有抗拒，渐渐迷失在这个薄荷味的吻里，然后伸出手搂住了宋柯年。

喘息声越来越沉重，邢薇是既享受又忐忑。毕竟这种事，她是第一次经历，难免会有些手足无措。

“别怕。”宋柯年握住她有些颤抖的手，轻声安抚，“我也很紧张，比你想象中的还要紧张。”

他的声音对邢薇来说是最好的安抚。

炙热的亲吻演变得越发浓烈，根本就收不住。

邢薇闭着眼承受着，听到宋柯年不断地叫她的名字。

风雪之中，有高山，沙漠之中，有绿洲。

在一望无际的蓝色星空中，总有一个你最重要的人在不断呼唤你的名字。

而他，就是你的爱人。

3.

“2 月 5 日下午，春市红旗路万达购物广场发生爆炸，致一人死亡，一人受伤。案件发生后，在公安机关的指挥下，省、市、区三级公安机关抽调 200 名精干警力组成专案组，全力展开侦破工作……”

一则新闻在微博热搜上转播，网友们热议纷纷。

视频里，浓郁的红色烈火几乎染红了半边天空，滚滚的黑色浓烟徐徐飘至上空。

孟楚给沈冬生打了很多通电话，都是无人接听的状态。

她又打电话给沈京，也联系不上。

就是这么巧，那家野郎拉面店就是在那边，他常常光顾那里，事故发生的那天下午，他还晒了一张拉面的照片。

“你这是要干什么去？”母亲看着收拾行李的孟楚，惊慌地问。

“我要出去一趟。”孟楚收拾着东西，心急又惊慌。

“你又要去哪儿？”这才正月初一，新春的第一天啊。

孟楚不敢相信，也不愿意相信，她也认为自己想得太多了，也许那只是一个事故，也许沈冬生根本没发生任何事情。

可是……

可是她要是看不到一个完完整整的人，是绝对不能放心的。

“我去去就回。”孟楚订了时间最近的高铁票，不顾母亲的阻止，套上外套便疾步出了门。

北风像一匹烈马，疯狂号叫。

高铁一路前行。

一到春市站，孟楚便挤出攒动的人群。

行李箱的轮子骨碌碌地滚动在坑洼不平的水泥地上，如同孟楚此时烦躁急切的心情。

沈冬生所住的小区环境不错，孟楚只来过一次。

家里没人，这是在孟楚按了几分钟门铃之后得出来的结论。

一个可怕的想法在她脑子里滋生。

他不是……

他不会真的出事了吧？

新闻上说事故造成了一死一伤……

想到这里，孟楚眼中的酸意更盛，泪汹涌澎湃地涌出来。

“小姑娘，你在这儿哭什么呢？”看着放声大哭的孟楚，一个老大爷询问道。

孟楚哭得声音沙哑，说不出话。

老大爷说：“你找这家的小伙子啊，好像他家人生病住院了，昨天还回来收拾东西来着，估计这会儿在医院吧。”

孟楚擦了擦眼泪，平复了一下情绪。

一想到沈冬生可能没事，她心里又有了几分窃喜。

孟楚向大爷致谢，问清了在哪个医院后，都顾不得拉行李箱，直接向医院飞奔而去。

医院太大，孟楚找不到方向，何况她根本不知道自己应该去哪个科室找沈冬生，只能站在一楼大厅里发愣。

手机响了，孟楚一下子回过神来。

她眼里迷雾未散，根本没看清来电显示，一边抽泣一边接了电话：“喂？”

“怎么给我打这么多电话？”沈冬生听到她的哽咽声，忍不住皱了皱眉，“发生什么事情了？”

孟楚一听到他的声音，所有的担惊受怕便瞬间化作委屈，在心海中翻滚。没有什么比劫后重生的幸运更加值得人去珍惜了。

“你在哪儿呢？”沈冬生问。

“我在医院。”孟楚抽了抽鼻子。

“医院？”沈冬生的眉头皱得更深。

“我以为你出事了，所以来找你……然后我找不到你，我着急，后来有个老大爷告诉我，你在医院……你真的没事吗？”孟楚哽咽，思路也不清晰，本来很简单的事情被她说得乱七八糟。

不过，沈冬生不在乎其他的缘由，他能确定的是，孟楚在春市。

她回来了。

4.

医院住院部的走廊窗户敞亮，放眼望去能看见几棵已经干枯的白杨。

换药的护士推着车在走廊上来来回回地走，消毒水的味道浓烈。孟楚刚哭过，鼻子一直处于闭塞状态，她用力吸了口气，好不容易鼻子通气之后，她又被消毒水的味道刺激得干呕了几下。

一双温热的手在她后背轻轻地拍了拍，更像是温柔的抚摸。

随后，一只手递上了一杯水。

孟楚眼睛里有水雾，抬头，看见沈冬生模糊的脸。

“喝一点，能好受一些。”沈冬生轻声道。

“谢谢。”孟楚接过水杯，低头抿了一口，是温的。

“阿姨好点了吗？”孟楚问。

沈母生了病，需要住院观察。沈冬生单位这边临时有工作批下来，连过春节也得加班，他一边忙着工作，一边忙着陪护，导致他屏蔽了许多外来消息，也就是刚刚，他才发现孟楚给自己打了几十通电话。

“没事了，就是肠胃不太好，医生说，今天吊完盐水就可以出院了。”

沈冬生坐在她身边，双手交叉，两只大拇指不自觉地反复搅动。

“你怎么突然回来了？”沈冬生抿了抿唇，“你刚才说以为我出事了又是怎么回事？”

孟楚捧着纸杯，大拇指轻轻摩擦杯壁。

“红旗路那边发生爆炸事故了，我以为你……以为你……”孟楚难以启齿。

沈冬生拿出手机，看了那则新闻。关于红旗路爆炸的缘由警方已经调查出来，是一名四十六岁的患癌男子，产生极度厌世的情绪，带着一些引爆物进入商场，才导致这场事故。事故唯一的死亡人员，便是这名男子。

孟楚一直低着头。

沈冬生看着她的发旋，心情难抑，他伸出手掌覆盖住那双白皙细瘦的手。

“我没事。”沈冬生的声音很温柔，“别担心了。”

“我能抱你一下吗？”孟楚小声问。

沈冬生没说话，伸出手默默地搂住了孟楚微微有些颤抖的身体，然后双手在她后背上安抚性地拍了拍。

尘埃在光线中飞舞，孟楚把头埋在沈冬生的怀里，双手环住他的腰。这是他第一次和她拥抱，温暖了整个世界。

办出院的时候，已是傍晚，沈父特地来医院接沈母，沈冬生本来想把父母接到自己住的地方，但是沈父说特地租了一辆车把沈母接回老家养病，这样省得来回折腾。

沈父是一个慈眉善目的老人，这让孟楚不由得想到之前沈冬生做直播的时候，有一次说爸爸来家里给他做饭时小孩子般满足的语气。

“我先带你妈回去了。”沈父交代，“如果有什么事再打电话给你。”

沈冬生把医生开的药递过去，嘱咐道：“这个要一日三餐吃，吃多少我列了一张单子，医生说近两天有可能会引发低烧，如果有干呕或者头疼的现象，可以买两瓶藿香正气水给妈喝。”

“好啦，我知道了。”沈父说，“我会照顾你妈的。”

沈冬生学过医，对这种事手到擒来，还是忍不住多交代了两句：“最近只能让妈吃流食，这样对肠胃的康复有帮助。”

“好啦。”沈父扶着沈母坐进车里，“我们走了，有事会给你打电话的。”

“嗯。”沈冬生说，“注意安全，实在忙不过来打电话叫我姐过去。”

“你姐还带孩子呢。”沈父受不了他唠叨，交代司机开车。

车子在飞扬的尘土里扬长而去。

“过来坐啊。”沈冬生沏好一壶红茶，招呼和行李箱站在一起不知进退的孟楚。

“哦。”孟楚脑子木木的，抿着唇，慢慢挪动着步子，时不时悄悄打量着沈冬生的家。

很整洁——这是孟楚的第一印象。

对于独身男士来说，可以把房子收拾得这么干净整洁，的确少见。

孟楚犯懒的时候连被子都不想叠。

“这是我爸买的茶，他总会买很多，所以我就帮他喝点。”沈冬生拿着茶壶在倒茶，透明的杯子被红色的液体填满，红茶的味道慢慢弥漫至鼻翼。

这味道孟楚一点也不陌生，沈冬生做直播时经常喝红茶，她写稿子的时候也是红茶不离手的。

有一次她和方琳视频，还被她“吐槽”年纪轻轻竟然喜欢喝老大爷的东西，一点年轻人的气息都没有。

当时孟楚也觉得好笑，她以前可是碳酸饮料的忠实粉丝，如今却受到沈冬生的影响，对红茶情有独钟。

“好喝。”孟楚抿了一口。红茶的香比绿茶花茶的味道要浓烈一些，却不腻人，熟茶的味道彻底被热水释放，除去了生涩的苦味，只有肆意弥漫的茶香。

“我一会儿带你去找个地方吧。”沈冬生正在料理台上准备沙拉。

孟楚愣了一下才明白他话中的意思。

夜悄然而至。

孤男寡女，的确不适合留宿，何况不久之前，两人在医院拥抱过。

“嗯。”孟楚捧着杯子，点了点头。

“这两天我一直在医院陪护，没有时间去超市，家里只剩一点水果和蔬菜，只能做一份沙拉。”沈冬生把沙拉放在她面前，又拿了一把叉子给她，“你先吃一些。”

孟楚眨了眨眼睛，没敢抬头看沈冬生，接过叉子，轻声说:“谢谢。”

气氛安静了，时间仿佛凝固了。

那股尴尬的劲还没过去，两人一时间不知道该找什么话题活跃气氛，沈冬生向来被动，孟楚这次也没主动。

“你……”沈冬生脑子里一直有个疑问。

“怎么了？”

“你怎么知道我那天在红旗路？”

沈冬生的思维比较敏感细致，他把事情又想了一遍，如果只是发生了爆炸事故，绝对不会让孟楚千里迢迢在新年第一天赶赴春市。

所以只有一种可能，那就是孟楚知道他那天在红旗路，所以导致她产生可怕的猜想。

孟楚目光闪躲了一下，然后支支吾吾地老实交代：“你……你在……在微博上晒了拉面。”

野郎拉面店就在红旗路上。

这回轮到沈冬生尴尬了。

“我也是你的粉丝啊，关注你无可厚非吧。”孟楚解释。

沈冬生抿着嘴笑了笑。

夜太黑，风太冷。

沈冬生在附近的酒店订了一间房，把孟楚送了过去。

“最近单位事特别多，我没办法请假，你先好好休息，明天下班我过来找你一起吃晚饭。”沈冬生在分别之际对她说。

孟楚张张嘴，其实想说“看到你没事了，我明天就回家”，但是望向沈冬生那双明亮的眼睛，这句话在嘴里反复翻滚了数次，还是没有说出口，只能目送他离开。

这是一家三星酒店，环境和配置都还算不错，孟楚开了一盏床头灯，躺在床上假寐，疲惫在这一刻得到了缓解。

从她看到那则新闻到现在，短短的二十几个小时里，不安和焦虑充斥周身，仿佛将一生的力气都用光了，真想就这样闭上眼，永远都不要醒来。

黑暗中，不断闪烁一双明亮的眼睛，然后响起一道清冽的声音。

“别害怕。”

那个声音说。

“我没事。”

那个声音又说。

一双温热的手抚上她的脸蛋，轻轻摩擦。

最后那个声音喊她的名字：“孟楚……”

那个声音的主人好似在大火里向她招手……

孟楚猛然惊醒，白色的天花板瞬间映入眼帘。

她呼吸急促，此时忘记自己身在何处，只是慌忙翻着背包，找到手机之后没有任何犹豫地拨打了那个熟悉的号码。

“孟楚？”沈冬生刚洗完澡，有些迟疑，“还没睡？”

距离两个人分开已经过去两个小时，此时是深夜两点。

5.

“你没事吧？”

沈冬生在孟楚急促的喘息中，皱紧了眉头。

“你……你没事吧？”孟楚哽咽着，她不自知，直到听到沈冬生的声音，才恍然从噩梦的余韵中抽身，回到温暖的现实。

她伸手摸了一下自己的脸，湿濡的痕迹在脸颊上留下一片片水迹，带着苦涩的咸味。

“我没事。”沈冬生不傻，完全听得出孟楚此时的情绪。

“别胡思乱想了，早点睡。”沈冬生安抚她。

孟楚以为他要挂断电话，连忙出声喊住他：“沈冬生。”

“怎么了？”

孟楚忐忑道：“你能不能陪我说一会儿话？”

沈冬生靠在床头，轻声问：“你想听什么？”

孟楚想了一下：“你能不能给我讲讲你小时候的事情，你是怎么喜欢上配音的？”

淡黄色的光线将沈冬生的侧脸衬托得更加温柔，他思考了一下，开始说：“你知道小时候有一种杂志，里面有很多关于日本声优大赛的内容吗？”

孟楚摇摇头：“不知道。”

他们俩相差几岁，所以小时候接触的东西有所不同。

“那是我第一次知道配音这件事情，后来慢慢关注配音，还时常跟着动漫模仿，学习他们的语气和腔调，并用随身听录下来，久而久之，就喜欢上了配音。”沈冬生神态认真，话变多了，“小时候希望长大之后可以做记者，可是没能实现，后来想当小说家，也没有坚持下来，最后想做配音演员，但是以当时国内的配音水准来说，这条路不会有什么出息，家里人也不是很认可，所以只能以网配这种形式来满足自己一点小小的愿望。”

孟楚听得认真，完全陷入沈冬生的世界里。

“我的人生大部分时间是随波逐流的。”沈冬生感叹，“所以有时候我很羡慕你，你可以做自己喜欢的事情，不受束缚。”

如果沈冬生代表束缚，那么孟楚代表自由。

天高皇帝远，像飞鸟一般自由。

那天晚上，沈冬生说了很多小时候的事情，比如，自己做饭，本来想做炒饭，后来却做成了豆油泡饭。

孟楚轻笑了两声给予回应，眼皮不堪重负往下耷拉，最后眼前一片混沌，被黑暗覆盖。

第二天，孟楚是被闹钟铃声吵醒的。

“不是说好了要包养我吗？还不起床奋斗？快起床了、快起床了……”

撒娇软萌的声音响于耳畔，孟楚揉了揉眼睛，昨晚没有拉窗帘，阳光照进屋内，有些刺眼。

闹钟铃声是孟楚不久前在沈冬生分享的音频里截取的一段。

“不是说好了要包养我吗？怎么还不起床？快起床了、快起床了……”

闹铃响了第二遍，孟楚才懒洋洋地从床上爬起来。

昨晚她和衣而眠，没有洗漱，现在一身狼狈。

她看了看外面的天气，阳光大好，雪开始融化。她简单收拾一下，打算去火车站买车票。

至于说好的晚饭，还是算了吧，毕竟她这次意外之旅，只是想确认他是否安全。

正想着，电话响了。

“醒了吗？”

“醒了。”孟楚想到自己昨天任性地拉着他讲故事的举动，不由得红了脸，“昨天不好意思。”孟楚问，“是不是打扰你休息了？”

沈冬生笑了笑：“没事，我在楼下，收拾好了就下来吧，我带你去吃饭，好不容易得了半天假，可不能浪费了。”

她难以置信地“啊”了一声，然后走到窗户边，她住的楼层不高，可以看到楼下的沈冬生。

看到那身黑白的搭配，她好似瞬间回到初见的那一天。

孟楚不由得想，曾经未见时，她幻想过很多次他的模样，后来相遇时，她又想了许多次他们之间是否有可能。

关于他的一百种想象，都烙在她的过往里。

她就像一个追风筝的人，不管线是否在手中，她都愿意一直追着。

“沈冬生。”她叫他。

“怎么了？”他笑着问。

她欲言又止。

“怎么了，孟楚？”沈冬生又问。

两年多以前，她匿名在 ASK 上告白，结果被婉拒。

两年后的今天，她当面告白，又会是怎样的结果？

时间在彼此的呼吸中一分一秒地流逝，孟楚明显地听到自己的声音变了，甚至可以感受到细微的颤抖。

“沈冬生。”

他也感受到了。

她每次叫他的名字，都让他有一种全新的感受。

这次他没有很快给予回应，呼吸微微变化后，他说：“我在。”

孟楚看着楼下的身影，一瞬间想打退堂鼓，却又一鼓作气。

沈冬生其实是个聪明人，就算感情经历单薄，也能揣摩出孟楚到底想说什么。

“你应该感受得到吧。”孟楚咬牙，“我喜欢你。”

话一出口，她胆子便大了些，缓缓道：“也许你觉得有些夸张，但是我喜欢你很久了。”

喜欢你很久了，连自己都忘了年月。

第十二章

喜欢两个人

/ 不爱热闹喜欢两个人，就我们两个人，
在浮动不安的世界里找到安稳。/

1.

陈皮和秦琮最近没怎么联系，本来有一首剧情歌要找他录，结果狂发消息，那边还是没回。

“找不到人，只能等着了。”陈皮说。

当时邢薇和孟楚对视一眼，心照不宣地想着，这货怎么突然这么有耐心？

邢薇啧啧赞叹：“陈皮，没想到你还有这么有耐心的时候，我需要重新认识你了。”

陈皮斜眼看她：“别在这儿拍哥的马屁。”

孟楚也跟着笑，然后扭头看着邢薇询问道：“你和宋柯年怎么样了，还分房睡呢？”

陈皮“撸”着串，附和：“对啊对啊，说说你们俩的事。”

A 市的初春透着刺骨的凉意，邢薇喝了一口啤酒，忍不住打了个冷战。

“现在闹别扭呢。”邢薇云淡风轻地说了一句。

孟楚和陈皮面面相觑，这话怎么听都有点不对劲。

如果还分房，为什么两人会有一种亲密感？可是如果两个人彻底好上了，闹别扭又怎么解释？

“别给我打马虎眼，到底怎么回事你倒是说啊。”陈皮是个急性子。

邢薇摇摇头，解释道：“我也不知道怎么回事，那天咱们几个在 YY 上聊天聊到后半夜的事你还记得吧？”

陈皮点头。

“然后，宋柯年不知道发的哪阵疯，现在不搭理我了。”邢薇委屈。她就是想不通，为什么宋柯年的态度突然就变了，明明两人不久之前还……

不久之前还……

孟楚感情也迟钝，仔细想了想，没懂。

男人心，海底针。

陈皮就是一傻子，更想不明白这事。

“算了算了。”邢薇烦闷，“一提起这事，我心就堵得慌。”又是半杯啤酒下肚。

邢薇打量又打量孟楚，后者被盯得头皮发麻。

“你这么看着我干什么？”孟楚躲避。

“你最近面色红润啊，”邢薇摸着她白皙的脸颊说道，“疑似有桃花盛开。”

陈皮“扑哧”一声笑，指指点点地说：“小薇你什么时候变成半大仙了？还是给人家看姻缘的。”

孟楚举起酒杯掩饰自己的心慌意乱。

那天，她冲动地向沈冬生告白之后，他没有回应，她只能听见他浅浅淡淡的呼吸声。

“你……”静默片刻后，她艰难地开口，“你就当我是傻了吧，不要放在心上。”

沈冬生的呼吸明显加重了一些。

“我下午回家。”孟楚说，“不会再给你添麻烦了，我还要收拾行李，就先……”

“我答应你。”沈冬生打断孟楚的话。

孟楚以为自己听错了：“你说什么？”

沈冬生郑重道：“我说我答应你。”犹豫了一下，他又说，“但是，我是一个不会讨女孩子欢心的人，我之前有一段很不好的交往经历，和我在一起应该会很累的，所以，你确定要和我在一起吗？”

孟楚听完他这番话，竟然笑了。她一向是迟钝的，可是面对他的时候竟然意外敏感起来。

他说的是交往经历，而不是感情经历。

“你确定想好了吗？”沈冬生问得很小心。

她喊他的名字：“沈冬生。”

沈冬生呼吸一紧。

片刻，她说：“不用想了。”

“想什么呢？”邢薇用肩膀撞了撞发愣的孟楚。

“没、没想什么。”走神被抓包，孟楚有些尴尬。

“是不是在春市有艳遇了？”邢薇一脸暧昧。

陈皮这货正喝得尽兴，话只听一半，还给肆意篡改了：“啥，小楚有艳遇了？”

“说什么呢？”孟楚偷偷看了看四周，好在没有什么人。

“快点老实交代。”邢薇逼供。

孟楚自知瞒不过，只能老实交代：“我……”她犹豫了一下，“我和沈冬生在一起了。”

陈皮对于酥酥“三次元”的名字很陌生，一时之间没反应过来是谁。

邢薇惊讶：“你玩这么大？”

陈皮还云里雾里：“沈冬生是谁啊？”

邢薇使劲打了陈皮一下，骂道：“你个傻子，糖姐啊。”

陈皮恍然大悟：“小楚，你是个一声不响干大事的人啊。”

孟楚被这两人一唱一和说红了脸，她本来不想这么快把事情说出来的，毕竟她和沈冬生才开始交往，再者，如果被粉丝知道编剧和 CV 在一起了，容易产生非议。

最重要的是，孟楚感觉得到，沈冬生极度缺乏安全感，不管是工作、与人相处还是恋爱。

他像是一个脆弱的小孩，为了保护自己垒砌了堡垒，不容外人进来，也不容自己出去，可是这座堡垒随时都有崩塌的危险。

世间太过险恶，她只想保护他。

邢薇仔细思考了一下，感觉自己突然被打通了任督二脉，所有的细节一整合，整件事情就清楚了很多。

她说："原来你去春市是为了他啊。"

孟楚抿着唇，没说话。

"你喜欢他很久了吧，什么时候开始的？"邢薇问。

孟楚微微扯着嘴角，啤酒的苦味还在口中残留。

许是三人经历太过相同，都是从时间隧道中默默种下一个叫喜欢的种子，有的开花结果，有的始终无法发芽。

同是天涯沦落人。

良久，孟楚才回答："我也记不清了。"

三人分开时，皆已微醺。

孟楚这次来 A 市，是为了新书的进度，编辑说让她配合工作室的流程，先是下印刷厂签名，然后和编辑讨论一下设计一个什么样的小礼品作为赠品。

她需要留京一个礼拜，然而她离开春市的前两天，她和沈冬生成了男女朋友。

最初的相处，没有情侣之间的那种腻味。

沈冬生送她去机场，只是像个小老头一样嘱咐她注意一些生活上的琐事，比如东西要揣好了，不要丢三落四，围巾也要围着，A 市的风很大等等。

酒红色的围巾遮挡住孟楚的半边脸，只露出白皙饱满的额头和一双水灵灵的眼睛。

“沈冬生。”她叫他的名字，隔着棉布的声音听起来闷闷的。

沈冬生两只手忙着把围巾的两角掖得更牢固，听见孟楚叫他，清清淡淡地“嗯”了一声。

他生活里是一个相对比较安静冷淡的人，不像做直播时候那么话多，可能正是因为“二次元”大多数是素未谋面的关系，性子会更放得开，隔着网络，仿佛隔着万水千山。

可是此时，孟楚能够站在他面前，仔仔细细地看着他的眼睛，看着他的眉毛，不错过任何一个细微的表情。

这样，真好。

“注意点安全，到了给我发消息。”沈冬生整好了围巾，交代道。

孟楚抬头去看他。

“怎么了？”沈冬生扬眉问。

他的本音更为柔软，有种清冽的感觉，不粗不细的音色，似是弹奏古筝。

孟楚胆子大了些，在沈冬生的注视下，往前走了一步，然后倾过身体，轻轻搂住了他。

“想抱你。”她说。

沈冬生迟钝了几秒，才伸出双手给予回应。

传统观念中男女之间，男人主动是天经地义的，女人就应该是被动的宠儿，被动的男人往往会让女人觉得自己没有受到重视和关爱。

沈冬生就是后者。

可是孟楚不介意，前提是，和他在一起。

2.

邢薇站在自家门口第三次翻钥匙串找开门钥匙的时候，门开了。

她酒意上头，半眯着眼睛看着面前挡住她路的人。

宋柯年穿着一身蓝色的棉质居家服，头发还是湿的，好闻的薄荷香慢悠悠地肆意散播开来。

他刚洗过澡。邢薇想，用的还是她买的沐浴液。

不久之前带着薄荷气味缱绻的夜晚扑面而来，钻进脑海里不断地翻滚。

邢薇甩甩头，要把那令人脸红心跳的画面从脑子里甩出去。

“我要进去。”邢薇对着宋柯年的俊脸吹着酒气。

“你去哪儿了？”宋柯年冷声问道。

邢薇刚想老实交代和陈皮、孟楚他们俩喝酒去了，话至舌尖，戛然停止，她愤怒地想到，他们俩还在闹别扭呢，不对，准确来说，是这个心似海底针的男人在闹别扭。

“不、告、诉、你。”邢薇一个字一个字地说，用宣战一般的挑衅语气，“你不是不理我吗？给我让开。”她推开宋柯年的身体，手触摸到柔软布料下面坚硬的肌肉组织时，挥之不去的念头又开始作祟。

还好她喝酒上了脸，不会被发现那短暂滑过的龌龊念头。

邢薇的眼睛被炽烈的白色吊灯晃了一下，她忍不住闭上了眼睛，身体微微摇晃。

宋柯年眼疾手快，直接把有些醉了的邢薇搂在怀里。

“你喝醉了？”邢薇身上传来的酒味让他忍不住皱了皱眉。

“没醉。”邢薇眯着眼，挥了挥手。

“还说没醉。”宋柯年把人拦腰抱起，几步进了卧室，把她放在了柔软的床铺上。

“你干什么？”邢薇没睁眼，酒意上头之后，整个人昏昏沉沉的。她身下是柔软的床铺，身前是带着薄荷味的宋柯年，她感受到压迫和威胁，忍不住推了推男人的胸膛。

室温过高，酒精在身体里尽情挥发，邢薇额头浮现淡淡的薄汗，宋柯年推开她额前湿濡的头发，帮她脱了鞋，让她更舒服地躺着。

宋柯年起身去厨房泡了一杯蜂蜜水，又拿了两粒解酒胶囊。

卧室的门没有关上，漏出一条明亮亮的光线，然后邢薇微醺嘶哑的声音从里面传出来。

“在家啊，找我有事？”

是沈京打来的电话，他想和邢薇商量一下广播剧海报封面的事情。

“那个我也和陈皮说了，你们俩看着找吧，哪个合适就用哪个。”邢薇翻了个身，一只手捏着电话，一只手捂着隐隐作痛的头。

宋柯年站在门口，心里有点不是滋味。

他占有欲不算强，就是有点爱吃醋，明明知道沈京和陈皮只是邢薇的好友，毕竟是异性，邢薇却从来对此事不避嫌，对这两个异性好友的态度好到甚至超过他这个枕边老公。

是个男人都不能忍好吗?

本来想故意闹几天别扭，让邢薇好好反省一下，结果这倒成了她出去喝酒撒欢的理由了!

一阵爽朗的笑声传出来。

邢薇捂着双眼躺在床上直乐：“我说你们俩没我就不行是吧。”

沈京再能折腾，自己也不敢随意做主定海报，这件事还是要跟邢薇说一声。

“我要是退圈了，你和陈皮是打算跟我如影随形吗？”邢薇开着玩笑。

沈京翻了一个大白眼。

两人话闸子已开，有一句没一句地聊着，就是不挂电话，站在门口的宋柯年怒意更盛。

邢薇还笑着，耳边的手机突然被抽走，她猛然睁开眼，白炽灯刺得眼睛疼。

“现在是晚上，你这样打扰别人的夫妻生活，是不是很不地道？”宋柯年压抑着愤怒，即使对方是多年兄弟，他也不能忍。

沈京驰骋情场多年，一听宋柯年的语气就知道是怎么回事了，于是故意逗他：“柯年，你不是这么小气的吧？”

一下被捅穿了心事，宋柯年惊慌失措：“我什么时候小气了？我是觉得这么晚了，你都不睡觉吗？”

“嘿，哥什么时候两点之前睡过？”沈京特别不要脸地说。

“你不睡没关系，可是我们要睡了。”宋柯年无情地挂了电话。

邢薇已经清醒了，眼睛也适应了刺眼的光线。

宋柯年不顾邢薇怒目斜视，关掉了天花板的灯，房间里一片漆黑。

“你干什么？”邢薇的口气有点冲。

几秒之后，柔和的床头灯亮起，屋内本来聚集的怒气消散了一些，取而代之的是温柔。

“先把药喝了。”宋柯年把蜂蜜水和解酒胶囊递过去。

邢薇打量一下坐在对面的男人。

宋柯年的黑色短发在柔和的光线里泛着淡淡的光，仿佛深海中浮动的水草。

邢薇犹豫了一下，然后接过杯子和胶囊，一饮而尽。

“喝完了，睡觉了。”邢薇受不了宋柯年带着审问的目光，想要避开。

她刚要拉过被子躺下，就被宋柯年阻止：“你喜欢我吗？”

邢薇难以置信地看向他。

“你不用惊讶。”宋柯年敛了敛神色，正色问道，“你喜欢我吗？”

邢薇愣愣地没说话。

宋柯年道："我承认，这几天我是故意和你冷战的，虽然我们已经是夫妻了，每天晚上都睡在同一张床上，可是……可是我总是感觉我和你的距离那么远，甚至……"他低下头，"甚至比不上沈京和陈皮，有时候我真的觉得我在你心里并没有那么重要。我是你的男人，我希望除了一些必要的事情，你的眼睛里只有我一个人，你的心里只装我一个人。"

邢薇静静地听着。

"我知道我这么说很自私，如果你不愿意听，就早点睡吧，就当今天的事情没发生过。"宋柯年垂着眼睛说，然后准备起身离开。

"宋柯年。"邢薇叫住了他。

宋柯年背对着她，没有转身，淡淡的暖黄的光照着他宽阔的肩膀。

邢薇的声音很淡："有些话我只说一遍。"

宋柯年的肩膀微不可察地抖动了一下。

"蔚蓝对我来说一直是很特别的存在，我很少会为了一件事或者一个人沉迷很久，可是不自觉地，我竟然听了他这么多年的剧。"邢薇看着他黑色的发，诚恳道，"因为父母的关系我不得不接受这段'绑架'似的婚姻，可是从你出现的那一天开始，我逐渐接受这个事实，你会来我所在的城市看我，只是为了陪我吃一顿饭，看一场电影，后来你融入我的生活。

"结婚的决定虽然有些仓促，却是我深思熟虑之后才决定的，宋柯年这个人，将是我一生的伴侣。

"知道你是蔚蓝的那一刻，你知道我有多开心吗？是那种无法形容的开心，其他的事情我都不敢保证，唯一我能保证的是，我们从民政局出来的那天开始，不管你是宋柯年还是蔚蓝，我的世界里，只有你。

“你吃醋我理解。但你要认清这一点，我邢薇不是什么随便……”“的人”两个字被掩在唇齿之中。

不重要了。他想。

他心底的那层隔膜早已在邢薇的这番真心诚恳的言语中破碎。

也许，他介意的并不是邢薇和其他男人走得多么近，而是他惶恐，他不安，想要确定自己在她心中的地位。

如今，他得到了想要的答案。

啤酒的苦味和清凉的薄荷香融为一体，邢薇承受着温柔的缠绕，闭上眼睛。

情至深处，邢薇意乱情迷之际，耳畔一直环绕着浅淡柔情的呼唤。

“我爱你。”

3.

“我……哈哈……我今天没有去健身。”沈冬生照例直播，看着公屏上有人问他健身的事情，回复道。

“今天教练给我发消息让我去锻炼，我拒绝了。”沈冬生玩开了，“我不能劳累，不能波动……哈哈哈……”

公屏上一水的“哈哈”，沈冬生在玩笑之中一板一眼说得跟真的似的。孟楚翘着嘴角，心思不能投入到文档中去了。

“对了。”沈冬生一个人做直播的时候，话题很是跳跃，“前两天我在路边看到一只猫，特别可怜，当时我好想养一只猫啊，可我忍住了。”

公屏上有粉丝问：“为什么？”

“因为责任很大啊。”沈冬生突然严肃起来，“既然要养，就要养它一辈子的，如果我不能确定我是否能担起这个责任，就不能只满足自己一时的欢愉。”

孟楚认真地听着。

每每说到一些严肃的话题时，沈冬生总是透着难得的认真。

“所以我买了一款羊毛地毯，摸着有种撸猫的感觉。”他说两句又开始没正经。

“扑哈哈哈……”

“好啦，今天直播就到这里了，我们……”沈冬生“秒下”，话音断的地方让孟楚以为自己卡了。

孟楚对着电脑，若有所思。

这时，QQ 响了。

是邢薇。

“小楚，快进 YY。”

孟楚进入频道，邢薇是房主，沈冬生正在和邢薇讨论剧情。

“不是，有人说这部剧里就两处吻戏，你怎么弄这么多啊？”

怨念十足的语气，孟楚一听就想笑。

“我是为了剧情紧凑，把四个场景串在一起了，所以加了这场亲热戏。”邢薇解释，“小楚也同意了，是吧，小楚？”

孟楚顿了一下，看了一眼“酥酥”的名字，然后带着笑意地“嗯”了一声。

“不要觉得你们俩现在关系不比从前了，我们就会放过你啊。”邢薇笑道。

沈冬生最讨厌录亲热戏了，他觉得自己一个人录这个像个变态，可是为了听众体验和剧情发展，有时候不得不妥协。

“不是，你就不能换点别的串，非要这个吗？”沈冬生委屈极了。

“那不正好是两个人在房间里嘛。”邢薇继续解释，“对吧，那后面……”

“两个人在一个房间里，不一定非要亲亲抱抱啊，也可以洗澡啊。”沈冬生着急打断，着急的语气比本音更软萌，各种撒娇卖萌求放过。

“啊？”邢薇笑得暧昧，“洗澡不是更容易……”

“两个人洗澡也不一定要干什么嘛，真是的，很简单的两个人，咱们要显得暧昧一点，干什么动不动就开个车？”沈冬生的语气软萌萌的，“唉，感觉进了贼窝一样，嘤嘤嘤……”

孟楚笑，心道，这个人正经起来让人礼惧三分，卖起萌来能融化所有人的心。

不管沈冬生如何抗拒，这场红红火火的亲热戏还是在邢薇三令五申的压迫下录完了。

“什么时候会回？”下了 YY，沈冬生直接在 QQ 上面问孟楚。

“还要再过几天吧。”孟楚说，“编辑那边需要我配合新书上市的所有细节，我怕到时候临时有问题来回跑，一次性都安排好了得了。”

“我又想吃拉面了。”沈冬生说。

“回去就吃。”孟楚像哄小孩子一样哄他。

“对了，我又联系了之前的房东，把房子租了回来，你有空的话，把我的东西往那边搬一搬吧。”孟楚决定在春市长留了，父母那边也打过招呼，虽然母亲颇有微词，好在没有阻拦。

孟楚还没安顿好就接到了编辑的电话，所以只能把行李箱暂时托付给沈冬生，赶赴 A 市。

“好。”沈冬生说，“我明天就去。”

“早点睡吧。”孟楚说。

沈冬生说：“早睡是不能睡了，还要爬塔。”

孟楚哭笑不得，也不阻止他。

“爬塔”是日本游戏的一个项目，沈冬生对此游戏乐此不疲。

“爬完记得睡。”孟楚还是忍不住交代了一句。

沈冬生看着对话框几个黑色的简体字，勾了勾嘴角。

孟楚应该是让他感觉最舒服的一个异性，和宋嘉不同，同一件事情，宋嘉会说：“不要爬了，身体才是最重要的。”

而她会说：“爬完记得睡。”

理解和关心，就那么恰如其分，刚刚好。

4.

距离离京还有三天，孟楚忙着工作，沈冬生也忙着工作，邢薇那边不着急催音催剧本，两人也就没有必要非要聚在一起，所以只能抓紧各忙各的。

沈冬生忙里偷闲，抽空去了一趟孟楚租住的房子。

房东把钥匙交给他的时候，眼里充满略带深意的笑。

“这姑娘来的时候是一个人拖着行李箱去我那儿签住房合同的，没有朋友，你是？”房东问。

沈冬生接过钥匙，打量了一下很简单的一室一厅，只有简单的基础设施，除了一张床和一个衣柜之外，没有其他的家具。

沈冬生想起自己现在住的地方，又大又宽敞，忍不住皱紧眉头。

她是怎么一个人在举目无亲的城市生活下去的？

到底是什么在支撑着她？

“没事的话，我就先走了，卫生我已经搞过了，何况之前一直是小楚姑娘在住，也没有租给别人。”房东说。

沈冬生轻声道谢，送走了房东。

那天沈冬生把房间里里外外收拾了一遍，然后在附近的超市买了全新的衣挂。孟楚的行李箱里只有两套衣服，他整理好挂在了衣柜里，重新整理行李箱的时候没有注意到箱子里还有东西。

“啪”的一声，一个黑色的皮质本子展开掉在了地上，沈冬生蹲下去捡。

暗黄的纸页上，是密密麻麻的字。

一行又一行，几乎弄酸了他的眼睛。

——你说你三十岁了，假设可以活到九十岁，还有两个三十年，我不知道自己可以活多久，我对生死有命这件事情一向看得很开，但是活着的时候，我的确很想和你在一起。

——你相信三十而遇吗？

——我不相信，早干吗去了？

——你相信三十而遇吗？

——我相信，因为遇见的是你。

——在ASK上的告白，就像一场梦，第二天太阳出来了，我就醒了。

读到此行，沈冬生的眉头皱得越来越深，目光还忍不住往下流连。

——这一年最后的时间，二十三岁倒计时，我喜欢上一个根本不可能的人，做了人生中第一次勇敢的告白，也许所有人都觉得我疯了，只有我自己知道，我很喜欢他，很爱他，不止是因为他的声音，还因为我与他有相似的灵魂。

只是展开的短短两页纸，记载所有关于他的往事。

那页最后一行只有几个简单的字——

沈冬生，我喜欢你、喜欢你。

不久之前还在他心里积存的迷雾，在这一刻全部消散。

她为什么会来春市?

为什么要生活在这个陌生的城市?

为什么在那场乌龙的爆照事件发生后，她赶赴在寒风中?

原来，这一切一切，都是因为他。

孟楚签完第一千张明信片之后，忍不住揉了揉发酸的手，然后下意识地看了一眼手机，没有任何动静，她有一点失落地放下手机。

这是她留在A市的最后一天，明天就要赶火车回春市。

可是……

可是她和他将近三天没有联系了。

她发了微信过去，一直没有得到回复。

“辛苦了。”编辑过来关心地说。

“没事，分内之事。”孟楚抬眼问，“赠品的事怎么样了？”

编辑说：“决定了，就笔记本吧，主题就是‘声音的隧道’。”

孟楚点头：“名字很好听。”

“到时候再由你提笔写一些和故事有关的句子作为点缀吧。”编辑说。

孟楚笑着说“好”。

“有件事我一直想问你。”编辑突然问，“之前你不是说想写个悲剧吗？为什么突然改变主意了？我可不相信你是因为我的威逼利诱才改变主意的，你这丫头在这件事上从来就没向我妥协过。”

孟楚垂了垂眼帘，若有所思。

她记得自己写到最后的时候，改变了想法。那时她还没有和沈冬生在一起，可是她不记得原因了，也许她那时在想，现实已经残破不堪了，不如在想象里给自己一个成全吧。

编辑看她一脸为难的神色，也不执着追问，只是拍了拍她的肩膀：“好了，晚上一起吃个饭吧，你明天不是要回去了嘛，我给你饯行。”

孟楚微笑道谢。

晚上孟楚喝了一点酒，回酒店时脑子是晕沉沉的。

这时，她接到了沈冬生的电话。

“喂。”她吐着酒气。

“你喝酒了？”沈冬生问。

“喝了一点。”孟楚皱了皱眉，觉得沈冬生的声音不太对劲，他平常说话的声音不会这么糙。

“你也喝酒了？”孟楚蹙着眉。

沈冬生“嗯”了一声，然后解释说：“这两天要陪‘客人’，又要出去抛头露面了。”单位偶尔会组织这样的饭局，为了促进工作交流。他虽然不喜欢这样的场合，可是领导下了命令，他只能忍住心中的抗拒，服从命令。

“少喝点，注意身体。”孟楚心疼他。

沈冬生想到那天自己看到的“真相”，苦涩涌上心头，他的唇几度启合，最后还是忍住了。

两个皆有些醉意的人，有一搭没一搭地聊着天。

“你有不吃的东西吗？”孟楚问。

沈冬生想了一下：“我好像没什么不吃的，啊，我不吃整只炖的鸡，那会让我有一种看到尸体的感觉。”

孟楚笑出声音。

“那你最喜欢吃什么？”孟楚又问。

“牛肉吧。”沈冬生说，“只要是牛肉，怎么做我都喜欢吃。”

孟楚声音越来越弱：“我也喜欢……”

沈冬生问：“你喜欢什么？”

孟楚混沌的大脑清醒了一下，几乎张口就想说“我喜欢你”，可是她忍住了。

喜欢说多了，就没有那么珍贵了，何况沈冬生是一个长情的人，他认为的喜欢都是默默在心底的，而不是三不五时地挂在嘴上的。

沈冬生心脏重重地跳动了一下，她没回答，他也没再问。

两人都没有挂电话，呼吸在城市的两端，通过信号交缠在一起。

夜朗星稀，城市陷入了沉默之中。

5.

孟楚知道沈冬生忙，只是简单说一句“明天回去”，并没有提出让他来火车站接她。

昨晚挂掉电话之前，孟楚听到沈冬生微不可闻地喊她的名字，她以为他醉了，只当他是在呓语，并没有放在心上。

毕业以后，孟楚最熟悉的地方，就是火车车厢。

她就像一个浪人，各处辗转，始终没有一个固定的地方，直到遇见了沈冬生，直到她去了春市。

车厢里放着轻淡的音乐——是彭佳慧的《喜欢两个人》。

彭佳慧没有大红大紫，她的音色也不算多么惊艳，可是她唱歌有一种属于自己的独特味道。

这是一首老歌，没有特别华丽的歌词，也没有让人印象深刻的旋律。

可正是这样漫不经心的环境，使这首歌显得特别有味道。

不爱热闹喜欢两个人，就我们两个人，在浮动不安的世界里找到安稳……

真是像极了她和他。

夕阳落幕在远处青山的身后，云层之上残余着淡淡的橘光，孟楚看向窗外，地平线被残余的晚霞拉得又长又远。

手机在口袋里振动了两下，是三人群里陈皮正在用表情包“炸”群。

“怎么了？”孟楚问。

“他愿意见我了。”陈皮说。

至于这个“他”是谁，不言而喻。

邢薇跳出来，发了一个沙雕表情包。

孟楚低头看着手机，嘴角抿笑。

邢薇说：“挺有本事的。”

孟楚：“相当有本事了。”

邢薇：“你总算是达成心愿了。”

孟楚：“扑哈哈哈……”

陈皮心情复杂，一直没说话，对于和秦琮即将见面的事情他总是怀揣着期待又胆怯的心情。

有点说不清道不明的感觉。

“小楚到了吗？”邢薇关心地问。

“还没。”

“没事。”陈皮大言不惭道，“她现在可是有男朋友的人，你担心个什么劲啊？”

孟楚低着头笑了笑。

“男朋友”这三个字还真是让人心情好。

不过，她说：“他这两天太忙了，我没告诉他几点的车，半夜太冷了，害怕他感冒。”

陈皮：“啧啧，瞧到了没？这就开始撒狗粮了。”

邢薇站在孟楚这一边：“怎么，有意见啊？”

陈皮：“得，我不和你们计较，哥今天高兴。”

三人一直在群里贫嘴，火车上网络不稳定，中途有几次断了信号，时间就这样悄然流逝，转眼便是永无止境的黑夜。

孟楚发出最后一条“网络不好，先不聊了”的消息，便关了手机。

“前方是本次列车的终点站，春市，请下车的旅客提前做好准备，祝您本次旅途愉快。”

标准的播音女腔从车厢响起，火车慢慢行驶进入站台，孟楚没有提行李箱，因此轻便很多。

她一出火车，便有一股寒风吹过，她忍不住缩了缩脖子，紧了紧衣领，向着出站口走去。

“孟楚。”有人叫她。

孟楚以为是错觉，毕竟风声那么大。

“孟楚。”那人的声音大了些，坚定地穿破了作怪的风，直接砸进她的耳朵里。

孟楚转身，看见了熟悉的身影。

沈冬生站在那儿，像是可以主宰她的神。

风吹起他黑色的衣角。

她是一个四海为家的浪子，而港湾就在前方。

她是一个以梦为马的人，如今梦就在前方等着她去拥抱。

这一刻她突然矫情起来，伸出手臂，她的声音不大，可是沈冬生听得很清楚。

“是你过来抱我，还是我跑过去抱你？”

沈冬生咧开嘴角，几天之前发现真相的震撼此刻化成深深的情意融在心里。

他曾经以为此生都不会出现的人，就在面前。

他慢慢挪着步子向孟楚走去。

过往许多记忆碎片如走马观花一般在脑海中徘徊，苦涩的转折和悸动的瞬间越来越深刻、清晰。

沈冬生没有说话，两个人抱在一起的身体带着浓厚的温暖，把寒冷的风阻挡在两个人的世界之外。

良久，他说：“我来就好。”

他的声音被风淬炼得更沙哑了。

孟楚笑，心想，这便是最好听的情话。

她闭上眼睛，依偎在他的怀里。

人生一梦，得幸遇你。

番外一

/ 关于 CV 酥酥的一百件小事 /

1. 初中的时候会被同学推到台上去唱歌，自己还挺自豪的。
2. 会把八袋豆奶粉冲在一起，但其实并不喜欢喝豆奶。
3. 只要是牛肉，怎么做都喜欢吃。
4. 在粉丝面前是暖心大叔。
5. 实际上是一个会害羞的少年。
6. 有个姐姐，还有个小侄女。
7. 很长情，不是随波逐流的人。
8. 不会照顾人，但是会理解别人的想法。
9. 对待感情有些理想化，但在努力适应现实。
10. 对待不熟悉的人会慢热，对待熟悉的人会话痨。
11. 有女朋友后最想去海边放烟火。
12. 近视，常常说自己没戴眼镜看不清东西。

13. 会选择更爱自己的人。

14. 不喜欢半夜“撸”串喝酒。

15. 喜欢的武侠人物是《天龙八部》里的萧峰。

16. 上学时最痛恨的科目是物理。

17. 日番是生活里快乐的源泉。

18.1999 年开始接触配音。

19. 喜欢模仿别人的录音，看了很多配音“大大”的录像。

20. 不挑食，能吃就行。

21. 喜欢读书，却没有什么时间。

22. 一个人吃饭，却不喜欢刷锅。

23. 喜欢下雨天。

24. 换过两个配音社团。

25. 感情的事讲究眼缘。

26. 睡眠不好会做运动。

27. “二次元”的戏精少年。

28. 会把金鱼倒进马桶里。

29. “三次元”不善言辞。

30. 喜欢夏天和冬天。

31. 住在北国春城。

32. 自己会做饭，但是没有拿手菜。

33. 玩游戏会“氪”金，会崩溃。

34. 配音努力又认真，总是第一个交“作业”。

35. 会理性消费，货比三家。

36. 喜欢气质和智慧型女生。

37. 学习好，思想政治考试分数很高。

38. 考上研究生后赚了人生的第一笔钱。

39. 入世晚，研究生毕业后才工作。

40. 承认自己是“腐男”。

41. 很有想法，尤其是对创作。

42. 吃到蛋糕后会特别特别开心。

43. 希望自己的剧可以给别人带去收获和意义。

44. 只会和自己撒娇。

45. 唱情歌的时候很温柔。

46. 偶尔会冲动消费，买完就后悔。

47. 喜欢江西的风景。

48. 讨厌“渣男”，所以绝对不能“渣”。

49. 不吃辣条和方便面。

50. 期盼自己遇见一个好一点的人。

51. “双十一”会“剁手”，认为淘宝是“罪恶”的 APP。

52. 奖金很多就会觉得很惊喜。

53. 会一个人逛超市，喝红茶成了一种习惯。

54. 喜欢日式拉面和关东煮，日本配音是启蒙。

55. 会买酸奶喝，君乐宝牌的。

56. 相信爱情，后来逐渐变得不相信爱情，其实内心还是有渴望。

57. 起床困难户，会定三个闹铃。

58. 平常不是上网就是拖地。

59. 知道自己在粉丝心中和某大明星是一个档次的时候，开心得像个孩子。

60. 对鞋有执念，“双十一”买鞋好辛苦。

61. 直播时故意放慢语速——为了拉长节目。

62. 不喜欢撩人，“三次元”更被动。

63. 如果中五百万想要买金子和门市房。

64. 不和父母住在同一个城市。

65. 喜欢文学著作。

66.《简爱》塑造了爱情观。

67. 没有被人撩的经历，想体验一下。

68. 不戴眼镜会看不清人。

69. 火龙果吃多了以为自己来了大姨妈。

70. 不喜欢吃整只炖的家禽，尤其是鸡和鸭，感觉自己看到了尸体。

71. 不能配正经女音。

72. 忘性大，有记录的习惯。

73. 去银行写单子，傻乎乎地撞在了玻璃窗上。

74. 三十岁的大人，十八岁的灵魂。

75. 不是特别自律。

76. 自认变态的角色难以驾驭。

77. 是男生就不能当路痴。

78. 录亲热戏会害羞，对着麦克风“嗯嗯啊啊”很尴尬。

79. 常常会说的话：付出不一定会有回报，但是不付出一定不会有回报。

80. 夏天一定要吃西瓜，冬天一定要吃橘子。

81. 会把放自己鸽子的人拉黑。

82. 强大的“变声系”，笑起来的时候会情不自禁地变声。

83. 经常会把自己逗笑。

84. 生活小技能特别多。

85. 是一个随意的人，没有那么多要求。

86. 有记账的好习惯。

87. 录音的时候经常会“口糊”。

88. 超级不耐热。

89. 玩游戏成为玛丽苏女主角，总是老好人。

90. 说到激动的地方，会忍不住打响指。

91. 紧张的时候就会想笑。

92. 很简单的人，想做一个带给别人温暖的人，被发“好人卡”的时候特别开心。

93. 不能被触碰到雷点。

94. 喜欢看爽快的动作片，不喜欢磨磨叽叽的感情戏。

95. 前几年明明没有任何恋爱经验，却成了粉丝的感情顾问。

96. 认为找对象是比找工作还要大的大事。

97. 想一个人去吃火锅，可是作为男生被人注视觉得很奇怪。

98. 做过疯狂的事情是熬夜。

99. 教会很多人如何生活，可是自己还没学会怎样生活。

100. 不喜欢在网上随便“撩妹”，很认真地等待命中注定的另一半。

番外二

/ 那些不知道的事 /

1. 关于拆哥和糖姐

那日沈冬生例行直播，孟楚正在他家的厨房为他准备明天早上吃的沙拉以及要喝的红茶。两人交往一段时间了，但是沈冬生这人有些古板守旧，未婚之前不想同居，孟楚也同意这样的决定，所以两个人目前处于分开居住的状态，只是偶尔孟楚心疼他，在他忙得转不开身的这段时间，会来帮他收拾房子准备食物。

孟楚正在厨房烧开水泡茶，隔着厚重的门板，依旧能听到他唱歌的声音以及回答粉丝问题的“精分分身”。

孟楚把沙拉装在保鲜盒放在冰箱里冷藏，这时屋里没了声音，孟楚才端着红茶蹑手蹑脚地推门而入。

“完事啦？”孟楚放下红茶。

沈冬生有些疲困，眨着惺忪睡眼，看着她“嗯”了一声。

“好累啊。”沈冬生搂着她的腰，脸蹭了过去，像一个小孩子，声音又软又萌。

孟楚摸着他的黑发笑：“累了就换一个人。”

沈冬生立马换了一个声线：“这样吗？”

不管听多少次，孟楚对他的“变声系”都感到吃惊。

“拆哥好苏啊。”孟楚称赞道。

沈冬生问：“那你是喜欢拆哥，还是喜欢糖姐？”

他在网配圈立了两个“人设”，很多人会分更喜欢哪一个人设，有人更喜欢软萌的糖姐，有人更喜欢暖苏的拆哥。

孟楚低下头，看着他明亮的眼睛，抿着唇笑了一下，然后说：“我喜欢沈冬生。”

不管你是糖姐还是拆哥，自始至终，我喜欢的都是你。

2. 关于“撩”与被“撩”

孟楚最近想搞事情，她想学习一下“撩汉”的技能。

很久之前，沈冬生做《叨叨》的时候，有人曾经问他：“酥酥，你有过被‘撩’的经历吗？”

当时他的回答是：“我没有被人‘撩’过，一般主动找我的都是一些老大爷，问完路就走了。”他自嘲地笑了笑后，又说，“其实我比较想体验一下被人‘撩’，希望以后能遇见吧。”

孟楚不是那种有很多花花肠子的人，她不知道该怎么“撩”。

于是，她想到一个办法。

沈冬生周五直播，孟楚早早就登入直播间，然后以最快的速度申请了连麦，每年他的生日都会给很多粉丝连麦的机会，今年也不例外。

“今天时间还挺早的，那我们多连几位吧。”沈冬生碎碎念，“我们连一个不太常见的 ID 吧。”说着，孟楚被“抱”上了麦。

“你好。”沈冬生礼貌性询问，“能听到声音吗？”

孟楚心里也敲着鼓：“能听见。”

一时间陷入了沉寂之中。

沈冬生不怎么会说话，只能尴尬地打圆场：“想说什么就说什么吧，毕竟机会难得。”

孟楚轻轻咳嗽了一声，然后开口道：“糖姐你嫁给我吧，或者拆哥娶我也行。”

沈冬生被逗笑了，当然，这么想的粉丝大有人在，没人会把这话当真，只是以吃瓜群众的角度觉得好玩而已。

沈冬生笑着说：“不行，糖姐只能和拆哥在一起，你没机会了。”

公屏上都是拆糖 CP 粉为此站队。

那场连线就这样过去了，通过网络传输，声音会有些变化，不过沈冬生潜意识里觉得非常熟悉，可是一时之间无法深想。

当晚，孟楚给他打了电话。

“怎么这么晚还没睡？”沈冬生问，“又熬夜写稿子了？”

孟楚紧张地抿着唇：“没有。”

“那早些睡吧。”

“沈冬生。”她叫他。

“嗯？”

“我能撩你吗？”她笨拙地问。

沈冬生笑了：“你想怎么撩？”

孟楚吸了口气：“你嫁给我吧，或者娶我也行。”

沈冬生恍然大悟，良久，掷地有声地说了一声“好”。

3. 关于录吻戏

星期日，沈冬生接到邢薇要返录干音的消息，只能临时给孟楚打电话说没有办法约会了，如果换作是别人，可能不理解录音怎么会比约会重要，但孟楚也是半个圈里人，干音的速度决定后期的速度，同时决定正剧的发布时间。

沈冬生从来不拖欠干音，这一点孟楚比谁都清楚，接到电话的时候，孟楚已经出门了，她不愿意原路返回，只能去沈冬生家。

这场戏是剧中的主角第二次亲热，沈冬生向来心里抗拒，所以一遇到这种情况就非常为难。

“你能不能先出去？”沈冬生尴尬地说。

“怎么了？”孟楚在他为难的脸色上已经猜出一二，毕竟这场戏是孟楚和邢薇讨论后临时加的，当时遭到了沈冬生的强烈拒绝。

“你还笑？”沈冬生瞪她，“都怪你，我都和你说多少遍，要拉灯、要拉灯。”

孟楚彻底笑开了：“小薇姐说，你不录太浪费了，哈哈哈……”

沈冬生三下两下把她抱起来，推出了卧室：“你先在外面等一会儿，完事了你再进来。”

孟楚嘴角咧开，看着沈冬生一脸愤怒地关上了卧室门，她耳朵贴在门上，仔细偷听屋里的声音，不时有微弱的哼唧声，孟楚捂着嘴偷笑。

没多久，沈冬生把卧室门打开，脸色非常不好。

孟楚主动凑过去，蹲在他身前，一脸讨好地笑：“别气了好不好？你是个专业的 CV，要拿出专业的态度来。”

沈冬生不以为意：“作为一个专业的 CV，我内心是非常拒绝的，你下次要是……”

孟楚急忙抓住他指向自己的手指，打断他：“我保证，我下次一定拉灯。”

沈冬生看着她，不再说什么。

孟楚转移话题：“我听说 CV 录吻戏都是亲自己手背的，是不是真的？”

沈冬生面色逐渐微红，他最不喜欢聊这种话题，尴尬地拿起手边的红茶喝了一口，轻声“嗯”了一声，算是回答。

“你亲一下，让我听听。”孟楚瞪着发亮的眼睛，满眼期待地看着他。

“不行。”沈冬生无情拒绝。

孟楚抓着他的手撒娇：“就听一下，就听一下还不行吗？”

沈冬生无奈，抬起自己的手，作势要亲下去。

孟楚正聚精会神地看着，突然眼前一黑，嘴唇上有淡淡的温热覆了下来。

蜻蜓点水的吻，激活了心跳。

“就一次。”沈冬生挪开眼，不自然地说。

孟楚抿了一下嘴唇，慢慢地笑开了，她说：“你嘴里有红茶味。”

“你也是。”沈冬生说。

不久之前，孟楚去厨房喝了一杯红茶。